字
文 烛 未
照 来

TopBook

右手边
蜂蜜的香气

[日] 片冈翔
＼著
杨晓钟
＼译

陕西新华出版
陕西人民出版社

图书在版编目(CIP)数据

右手边蜂蜜的香气／（日）片冈翔著；杨晓钟译. —西安：陕西人民出版社，2023.8

ISBN 978-7-224-14645-5

Ⅰ. ①右… Ⅱ. ①片… ②杨… Ⅲ. ①长篇小说—日本—现代 Ⅳ. ①I313.45

中国版本图书馆 CIP 数据核字（2022）第 148756 号

著作权合同登记号　25-2023-006

ANATA NO MIGITE WA HACHIMITSU NO KAORI By SHOH KATAOKA
© 2019 SHOH KATAOKA
Original Japanese edition published by SHINCHOSHA Publishing Co., Ltd.
Chinese (in simplified character only) translation rights arranged with SHINCHOSHA Publishing Co., Ltd. through Bardon-Chinese Media Agency, Taipei.

出品人：	赵小峰
总策划：	关　宁
出版统筹：	韩　琳
策划编辑：	王　倩
责任编辑：	张启阳
封面插图：	忒色西安
装帧设计：	哲　峰

右手边蜂蜜的香气
YOUSHOU BIAN FENGMI DE XIANGQI

作　　者	［日］片冈翔
译　　者	杨晓钟
出版发行	陕西人民出版社
	（西安市北大街 147 号　邮编：710003）
印　　刷	陕西隆昌印刷有限公司
开　　本	787 毫米×1092 毫米　32 开
印　　张	8.625 印张
字　　数	170 千字
版　　次	2023 年 8 月第 1 版
印　　次	2023 年 8 月第 1 次印刷
书　　号	ISBN 978-7-224-14645-5
定　　价	49.80 元

如有印装质量问题，请与本社联系调换。电话：029—87205094

译者序

片冈翔，1982年出生于北海道，2014年以电影《1/11》的导演身份进入文艺圈，作为剧作家参与了多部电影、电视剧的编剧，小说创作算是他的副业。截至2022年，包括《右手边蜂蜜的香气》（以下简称《右手边》）在内，有五部小说出版发行。

《右手边》这部小说主要讲述一名九岁女孩冈岛雨子与因她而失去妈妈又被送进动物园的小棕熊雪之介之间的故事。

这部小说动笔翻译之初，正赶上学校学生管理改革，新冠疫情肆虐，工作头绪纷繁复杂。加之《右手边》交稿期紧，说实在话，我当时一度产生了打退堂鼓的念头。白天是实实在在的学生思想教育工作，晚上、周末却要挤时间去揣摩雨子与那智这对情窦初开的小恋人，及其后来与棕熊之间的复杂情感——值不值、该放弃哪头？曾经纠结困惑过。后来发生的一件小事给了我触动，让我对这部作品多了一份敬意，决心继续翻译下去。

2019年学校放寒假后，我在人去楼空的学生宿舍意外发现一只非常漂亮的宠物兔。白色，黑眼珠，大大的丹凤眼边自带一道浓浓的黑眼线。儿时就有养兔情结的我怀着各种私心，与学生取得联系，征得他们同意，把它带回家细心照料。我给小兔起名叫"嘟嘟"，将它养在了后院，还别出心裁给它套上绳索，带它出去遛弯。在清理笼舍时，也会放它出来在草坪上撒欢。一来二去，小兔很快成为小区孩子们众星捧月的对象，其中有一个小女孩儿格外喜爱它。一天，她站在兔笼前，高声告白，反复重复一句话："兔子，你嫁给我吧！兔子，你嫁给我吧！"直白深切，没有丝毫遮掩。看她的个头明显高过其他孩子，我问了她的年龄，九岁。和《右手边》故事发端时的女主人公冈岛雨子同岁！这一幕，让我似乎理解了作品中雨子对棕熊雪之介的超越物种的情感，也对这份别样的感情多了一份实感。我借着这顿悟，尝试进入雨子的内心，努力用中文再现她对雪之介那份愧疚和迷恋。

人类成为地球主宰之后，如何对待其他动物种群，这份情感其实是纠结复杂的。作者片冈翔在这部小说里，其实给我们人类抛出了一连串严肃且犀利的问题——

被饲养在动物园的动物到底算是幸福还是不幸？

这样的"关爱"是动物自身想要的吗？

人类一方面以胜利者的姿态，抢占动物的地盘，囚禁它们，驯化它们，让它们成为自己的盘中餐和劳动力；一方面又保护它们，饲养它们，供自己欣赏玩乐。物质食粮和精神慰藉的临界点之奥妙到底在哪里、由谁决定？

真正的动物保护到底该如何开展？

这每一个问题都算得上对人类灵魂的拷问。

作者通过冈岛雨子的行动提供了自己的答案——不忘童心，矢志不渝，兑现承诺，解救棕熊，牺牲自我。这种勇气和执念是这部小说的戏眼，值得每位读者朋友思考玩味。

头一次见到给蚊子献血的怪人!

坐在我正对面的动物园园长胳膊上停着一只白条伊蚊。那只蚊子在手腕上着陆的一瞬,园长分明看到了。可是,她纹丝不动,把自己的血献给了这只小生命。

"冈岛小姐,为什么选择在动物园工作?"

听到副园长低沉的问话,我回过神来。

"因为我喜欢动物……"

可能是因为紧张的关系,我保持上身笔直的坐姿,开始讲述准备好的"过去"——校园里一只兔子曾经拯救了孤单寂寞的自己的故事;远方一位亲戚如何依靠一只导盲犬生活的故事;目睹母牛产崽的过程,刷新了自己对世界的看法的趣事……我把为了通过应聘而写到笔记本上的谎言,在这一刻带着激情一一道来。

"这些是你喜欢动物的理由吗?"

园长开口之时,蚊子已不知了去向。

"我再问一遍,你为什么想在动物园工作?"

时间在这一刹那停顿了,我感觉自己像被邪魔附身一般,禁不住浑身颤抖。

周围安静极了。园长的瞳孔像慢镜头一般浓缩成一点,这种不言而喻的眼神让人生畏,令人恐惧。这让我心中的真心话差一点像打嗝一样蹦了出来。我紧握的手心在冒汗,指甲紧贴掌心生命线,像是要将它切断一般。

……动物界,脊索动物门,哺乳纲,灵长目,人科,人属,人……眼前的她的确是人。和我同样,灵长目,人科,人属，人……

像中了邪似的按学名从界到目不断地念叨着专有名词，我的内心才逐渐安静下来。在眼前坐成一排的人中，体格瘦小的园长显得格外光鲜。她的短发发梢像修剪过的整齐草坪，脖子像鹿的脖子一样修长。眼睛显露出执着和坚定的神态，谈不上威严，却像深海鱼类的眼睛一般顽强有韧劲——我以前见过黑豹的眼睛，院长的眼睛就像那样的眼睛一样，再看一眼，这双眼睛一定会看穿我的谎言，所以我需要坦诚，需要将真正的自我展现出来。想到这里，我反而放松了。在这一瞬间，我的真心话变得像呼吸一样，在无意识中就被我说了出来。

"我想救出一个动物。"

"哪个动物？"

"棕熊。"

我不再遮掩，面对园长。

"……那好，请闭上眼睛，开始想象。"

周围人的视线全部集中到了园长身上。园长又将这股压力，通过简单的手势汇聚到了我的身上。为了躲避这些目光，我闭上了眼睛。

"你正站在铁道分岔点，眼前就是扳道杆①……"

听着园长的话语，我的脑海中出现了荒凉的大地，一条老旧的铁道无限延伸出去，我甚至能嗅到铁的气味——一个

---

① 火车转轨时需要扳动的杆子。

巨大的锈迹斑斑的扳道杆出现在我的面前。

"远方有列火车正飞驰过来。"

园长的声音听起来有点像《哈利·波特》中魔法学校的校长邓布利多。听着她的话,我感到远处有蒸汽机车缓缓驶来。在飞奔的列车前方,有人躺在铁道上——看不清是儿童或老人,总之是一个陌生人。

"只要你拉动道杆,列车就能改道,那个人就能得救。"

在脑海中,我抓住粗糙的扳道杆,手指冰凉。

"然而,你改变后的列车轨道前方,躺着一头棕熊。就是你最喜欢的那头。"

大而乌黑的身躯,虽然毛发乱蓬蓬的,但轮廓清晰。正是你——你正头枕轨道,香甜入睡。

"就算有人飞奔过去也来不及了!"

石子和枕木发出轰隆轰隆的震动声,扳道杆上传来强大的震感让我无法站稳。"那么,握在你手上的杆到底扳还是不扳?"

列车鸣笛呼啸。火车头已在迫近,像遭遇地震一般,我的身子在摇晃,但我的内心纹丝不动。

"不扳!"

我坚定地回答,火车头在我眼前呼啸而过,躺着的那人居然在这一刻被漫画式地撞飞了。

"那么……"

听到"邓布利多"园长的声音,火车头像录像带哧溜哧溜倒卷一般开始倒退。被撞飞的人从空中打着转又回到原地——尽管动作不自然。

"接下来的这个场景你该如何选择呢?"

火车头经过眼前消失而去,朝远方望去,你和那个人的位置已经做了调换。

"拉下手柄,棕熊就能得救。"

火车又一次从远处开过来。你正在火车前进的方向上睡觉。铁道附近的石子发出轰隆轰隆的响动,你却毫无知觉地躺在火车前方的轨道上打着鼾。

在轨道的震动传到我的身体之前,我的手已经抓住了扳道杆扳下。

毫不迟疑。

"啊!"

火车改变方向,又一次朝着那人飞驰而去。虽然一心想保护你,但是我不想看到接下来的一幕,于是便睁开了眼。

园长黑豹似的眼睛,一直盯着我。

"明白了。"

园长只说了这三个字,便松开了交叉在桌上的两只手,不置可否,既不生气,也无笑意。接下来她便不再说一句话。只静静地问那些老生常谈的问题,听我的标准答案。过了几分钟,她轻轻地点了一下头——这是面试结束的信号。

"面试就到此了,谢谢。"

随着办公室主任的"闭幕词",面试官们一齐站起,朝着我鞠躬致谢。我也进行回礼。这时,我的腿开始发抖。我在地砖的花纹里看到了被火车撞飞的那个人的脸。

我该庆幸自己拉下了扳道杆呢，还是该责怪自己，强迫自己把谎言一说到底呢？

"那个……"

尽管想马上离开现场，我还是不由自主地问道：

"刚才的问题，有没有正确答案？"

其他人看着园长——他们似乎也想说同样的话。

"没有正确答案。"

听到园长毫不迟疑给出的答案，我悬着的心多少平静了下来。

"就像我们的工作一样。"

听到这句话，我感觉自己的心脏咕咚一跳。

"不过……"

咚、咚，我心跳不止。接下来她讲什么将决定我的人生。

"我认为不该拉动扳道杆。"

咚咚的心跳声停止了，屋里只有蚊子飞动的嗡嗡声。

面试结束后，我被允许进入园内参观。

我来过这里很多次，但感觉此时的景致和以前不同，并不是因为这次进园不用付费之故，而是因为那仿佛已经停止的心跳，直到此时才开始正常供血。

要是不拉扳道杆就好了，可是我却选择了拉下。我肯定是被认为为了表现自己喜欢动物在吹牛，要么就是被当成过分喜欢动物的偏执狂了。

眼前出现几个水泡，在黄绿夹杂的水面上，一头河马从泥水中探出头，审视着我这个陌生人。

要是再补充点什么，或者再追问一下园长那样看的理由就好了。再多加上一点工作的热情、心劲儿，把自己想进动物园——尤其是非常非常想进这个月之丘动物园的意愿再三请求一番就好了。

怎么办？

该怎么办？

怎么做才好？

这时，我几乎无法冷静下来。

我的心一直在颤抖。

"别怕，肌肉记忆着呢。"

我想起小学三年级同学美琴的这句话。她当时已经能够把很难的古典音乐流畅完整地弹奏出来。细长的手指，飘逸的长发令人羡慕——小美琴啊，你当时的确没有说错。在心乱如麻的现在，也只有我的腿还在坚定地前进了。

在黑色栅栏的对面一条深深的壕沟后面。一处被冰冷的岩壁围起来的地方，你就躺在那里。

"棕熊，雪之介，雄性。十二岁。来自北海道。"

介绍板上写的不是真名——你的真名其实我也不知道。尽管你一身厚密的毛发，但依然蜷缩成一团，似乎很冷。

或许只有用你那庞大的身躯，才能将这个世界的不幸尽数遮掩吧。

花了十二年的时间，我终于有机会能来到你的身旁。可是，机会却被我白白断送了。我选择了扳道，选择了让火车碾压别人。

这里的动物何以存在，为了动物吗，为了保留种群吗？都不是，这里是为人而建的。不只是这里，其他的"动物园"全部都是——地面、天空、大海、月亮，直到宇宙中的一切人类设施，这个世界的全部未来都是为人类而存在的。大家都这么认为。

怎么办？

再等那遥遥无期的招聘？

必须采取点什么手段，必须想办法，而且必须尽快去想。现在我能想清楚的只有这一点，不过这却是最重要的——促使我产生这种急切的期盼的正是眼前的你。

"等我啊！"

我对着你的方向大喊，原本干渴的喉咙竟然湿润了起来。

你突然站起来，看着我。

圆而水灵的眼睛，将我完全包裹。

只有你最清楚、最明白我的心思。

清楚我来这里的理由，站在这里的目的。

"等我啊！"

不管用什么手段。

我都要将你从栅栏里救出来。

二〇〇五年

我向来不喜欢团队行动，唯独集体放学例外。

放学让我激动兴奋。放学是无序的，放学的时候，学生们并不按个头、座位或者姓氏的五十音顺序、关系亲疏等条件将人分成三六九等，只是朝着自家的方向一起奔跑——这虽然有些乱，却甚合我意：

"儿童不能单独外出。大家一定要结伴同行！"

国道沿线有棕熊出没，学校因此集体放学。

老师站在队伍前大声提醒。然而，老师的呼喊却起了反作用。尾沼他们正在商量去哪儿才能见到出没的棕熊。按说老师应该是管理学生的专家，可是他们却不完全懂学生。

"你说小孩不能单独外出是否意味着和大人一起外出就安全？"

"大人能干翻熊瞎子吗？"

……

这样的问题接二连三，层出不穷。

"集体放学真能解决安全问题吗?"

走在队伍后面的那智君低声说道。

"是呀是呀,可不是嘛!"

有人议论起来,觉得还是那智说得对。

那智君在一年级的冬季转校而来。论个头应该排在最前面,体重也比我轻得多。因为戴着一副字典一般厚重的眼镜,从转校起就成为男生嘲笑的对象。可是,我对那副眼镜却兴趣盎然——隔着那么厚的镜片,看到的究竟是怎样的世界呢?

是否能看到魔法王国?

我嘴上叫着"借我看看",就跑到他的身旁,不等他答应,直接把眼镜从他的脸上拽下来,自己戴上。

什么呀,根本不是什么魔法王国。所有东西都变得模模糊糊。这感觉像你朝思暮想的米老鼠,等见到时却发现是一只从下水道爬出来的脏兮兮的家伙。

大失所望。

"你真了不起,一直生活在这样的世界里。"

那智君听了我的话,只应了一句"哎",他一直盯着我看,没戴眼镜的他,应该什么也看不见。

那天之后,那智君总是和我一起玩,对我的疑惑有问必答。就算无法回答也尽力回应,而且也开始主动向我发问。

集体放学也不能保证就没有安全问题。若防范的是杀人犯,因为有大人一起,也许不会动念,可是对象却是熊。看到集体结队的师生,熊或许会感叹:"嚯,猎物还真不少啊!"反而引发了捕获兴趣。再说,老师除了右手上拿了一面黄色小旗外,什么防范武器也没有。

小黄旗能救谁的命呢!

"……如果站在队列的正中间,当熊从前方或者后方袭击而来时,我们也许能逃离……"

我这么一说,那智君声音一下高亢起来。

"你不救人,只管自己逃跑?"

"嗯,你说的也是,我不是那意思,我只是说,在熊袭击某个人时其他人能够逃跑。"

那智嘴里露出两声嘿嘿,不是在笑,分明是感到不高兴了。

那段日子里,上下学变得非同寻常——不,今后这种提心吊胆防范狗熊的日子将会成为寻常生活。

同学们令人愉快的交谈声,在我的耳边不断回响……

回到家里,放下双肩包。我开始向妈妈说谎。妈妈是一名普通家庭妇女,在熊出没的日子,要是我不按时回家,她一定会跑到派出所报案的。

"我要去一趟那智君妈妈工作的眼科诊所,妈妈你陪我一起去吗?"

"你为什么要去眼科诊所呢?"

"没什么,就是想陪着那智君,他又一个人待在那里。"

不出所料,妈妈果然这么问我。不过语气中并没有很着急,妈妈总是这样子,摆出听人说话的样子,却总是夹进自己的意志和想法。

那智君的妈妈,经常把他放在眼科诊所自己就去买菜,那智一个人应该会感到害怕吧。

那智君今天在他妈妈的眼科诊所是我编的,但他妈妈把他一人丢在眼科诊所却是事实。至于他本人是否害怕,也完全是我的揣测。我猜他会害怕的,总见他一脸胆怯的神情。

"我坐那智君妈妈的车去,不怕碰到熊的。和到野生动物园里去一样!"

这样一讲,妈妈终于站了起来,点点头,嘴里说道:"好,好,知道了。"

那智君每天记日记,这一点我妈也知晓。提这一茬无非是想说,我妈妈了解那智的认真。只要我说和那智去玩,妈妈总会满口答应的。今天还特意从厨房的橱柜里拿出四个包子让我带上。

"为什么拿四个,还要给眼科大夫吗?"

"给那智君妈妈两个,代我向她问好。"

为什么大人要给两个,有那智君爸爸的一个吗?不,他爸爸出长差不在家的,想问妈妈的事情有很多,还是放弃了。我妈妈就是一个普通家庭主妇,问多了我们都累。

这是砂村先生教导我们的……

"唉,四个也太多了吧!"

那智君边吃包子边说道。

"为什么?"

"给一两个尝尝就好,我俩又没有干什么值得表扬的事情。"

"大人真怪，专干这种莫名其妙的事。"

"对呀！"

我咽下最后一口松软甜香的包子馅，把剩下的包子皮一上一下捏在手上。

"那智，你妈妈会要两个包子吗？"

"我觉得不会。"

"那你就再吃一个吧。"

那智把一个包子装进口袋里，另一个一掰两半，可是右手那一半的显然要大许多。

"我已经吃不了了。"

看到那智君左右摇头，"没事的，吃吧。"说着我就去抓他左手的那半个包子。

我刚把小的一半吃到嘴里，那智君就顺从地将另一半大的一口送到嘴里。接下来，从书包里拿出他的零食。

"什么呀，又是土豆片，你怎么老吃土豆片？"

嘴上那样奚落，其实土豆片是我的最爱。那智君很清楚。

"那你不要了？"

我一把抢过土豆片，大喊一声：

"要！"

我将袋子撕开，把环状薯圈套在手指上吃——有一种幸福的味道。咔嚓的清脆声音在口中回响，这让我不由自主地发出"活着真好"的感慨。

据传，大黑熊闯入国道沿线的草莓田。熊喜欢吃小草莓的消息一下子传开了。

"邻居家阿叔、阿婶曾抛投蜂蜜瓶驱赶闯入草莓田的熊。"

那智君告诉我的新情况,让我想起重要的一点——熊喜欢甜食。比起草莓,当然是蜂蜜更甜,好像也更有营养。

"喜欢蜂蜜应该是真的吧……"

听到我的自言自语,那智点头肯定。

"敢问小雨你怎么会想到去看熊呢?"

"'敢问'这么文言的词,这个班里只有那智一人使用——不愧是班上唯一背茶色双肩包的小子!"

"熊不是很神秘吗?"

"哪儿神秘?"

"人们嘴里喊着害怕、危险、会被吃掉,可为什么把熊画进卡通,做成布娃娃呢?而且,这些布娃娃还很受欢迎,你说为什么?"

我反问了他。那智既没生气,也没厌烦,一边点头,一边答道:"这么说来,也是啊。"他轻轻踢走脚下一颗小石子。

"我说的没错吧!所以说我总想确认一下,熊到底是可怕的怪兽还是可爱的朋友。"

我踩到了那智君刚才踢走的石子。

这动物到底是可怕还是可爱,有趣还是无趣,这些属性要是在图鉴上一目了然就好了。虽然这么想,可真实情况我也了解:动物其实并不能像我们人类这样去分班分组。这个世界充满不为人知的东西。因此,我想尽自己所能,更多地去看、去听、去思考，尽量减少我心里的困惑。世界上绝大多数知识都没有写进教科书，辞典里也找不到，所以，我们不能只坐在教室的课桌前。可是，大人——平庸的大人们却把"书中自有黄金屋"挂在嘴边。连熊都敢来到我们身边探险了，大人们却要求我们把自己关在家里。真搞不懂大人们什么意思。不，其实"大人"这种分类也不对，不光大人，但凡普通人我都很难理解。

像这样问题中的问题，连环套式的无限疑问，就连身边的那智我也不会开口问，只能在心里暗自思忖。我觉得答案就像拼图，最重要的拼图往往在犄角旮旯处，而我认为，这关键的拼图现在就在这只熊身上。

"我们要去哪里？"

走在身后踩着我影子的那智君问我。

我喜欢问别人，喜欢别人向我发问，更喜欢像这样有人踩着我的影子。

"先到国道那边去！"

我一手拎着土豆片，穿过稻田一侧，前往奥姆路。

这奥姆路其实是通往国道铁路的一条林间小道。被浓密的树丛遮蔽，大晴天仍显幽暗，即便到了四月份，也时常有残雪。一旦下雨，路上积水长久不退，可惜的是，既没有小说中的树荫隧道，也看不到妖女的藏身小屋。然而我却特别喜欢这里，"因为这里教会我许多教材上没有的东西"。我给那智讲着这些冠冕堂皇的理由。其实喜欢这里另有隐情。这里总能闻到雨的味道。而小雨，就是我的名字。

叫奥姆路其实只限我们两人。一开始那智君叫"林间道",我由此想到"林家饭",那智君由此又称"林家饭道"。以讹传讹最后落在OMURISE这个发音上,就变成"奥姆路"了。

今后还不知道会变成什么呢。

我的名字哪一天也会变的吧——叫冈岛太普通,还是得改。改什么好呢?必须更酷更有冒险的味道。比如台风雨子、大岚雨子、破天荒雨子、世界不可思议雨子,哈哈,有点帅气劲了。起个洋名怎么样?雨子·波特·威斯利,就这个了!长大后我必须有威斯利女士的风采。威斯利女士是英国人。她一定是伦敦大都市出身,伦敦是个多雨之城,感觉正适合我。

路中央出现满月般圆而清澈的水潭。要不是今天穿着心爱的彩虹色运动鞋,我准踩进积水中去了。朝水潭细看,水面映着一丛丛树的倒影,被茶色泥水潭染过的世界宛如侏罗纪,其中就有那智茶色的脸。

那智雨子,感觉这名字叫着也挺顺口。

我将手举向天空,套在手指上的土豆圈就像一枚戒指。这让我脸颊发热,变红了。我不想被他发觉,又开始向前快走。希望那智不再踩到我的影子。我明明内心希望他踩,却又一路小跑让他踩不到。

我自己也搞不懂自己了。

来到国道,周围一片寂静。

没有汽车往来,安静地能听到风吹动的声音。在这风平浪静中,就像一滴水跌落水面一般,那智发出紧促的一声:"啊!"

道路中间,黑而浑圆的东西出现了。是熊!可是和想象中的不太一样——是头小熊。它的鼻子正伸向一个小瓶子。有东西像夕阳般在瓶子里面发光,是夕阳照到蜂蜜上折射出的光。然而瓶子口太小,小熊的嘴伸不进去。

好可爱!我这才明白熊能在世界各地成为众多商家形象代言者的原因。

"有危险!"

那智过来抓住我的胳膊。

"熊真可爱啊!"

我挣开那智的胳膊,向小熊走去。

"你要干吗?不能靠近!"

这时,吵嚷声四起,小熊立即抬起头,顺着声音的方向看去,一群大人出现了。全部穿着青绿色工作服,摆出一副战斗的姿势。不对,如果是工作服,应该是彩色才对。或许是敌人,前面的人居然手持猎枪。

"小雨,回来!"

我身后传来那智声嘶力竭的呼喊。

"为什么?"

我靠近小熊。

为何会有危险?这么憨态可爱,它只是想吃到瓶子里的蜂蜜。

大人们在远处说着什么。声音越来越大,也许他们也在靠近。可是，我已经顾不了这一切了。声音听不到了，那智也不见了，我只能看到小熊，嘴伸不进去后，它开始用手掌去掏，可是手掌依然放不进去，粗大的爪尖差一点就能够到蜂蜜了，可是，就差一丁点。好可惜哦。

我帮你把蜂蜜掏出来。

"喂，把瓶子给我。"

我一搭声，小熊又一次抬起头，黑色毛发中露出一双圆圆发光的眼睛。它一直盯着我看。

"我叫雨子，你叫什么名字？"

我尝试和它说话，小熊已经不再看我了。这时有人吼叫，是那些大人在叫。他们的叫声令人生畏。

那智睁大双眼，紧张地看着我这边，那副表情从未有过。为什么那样看着我？我一回头，一堵黑墙出现在我眼前。

大熊来了！

真正的成年狗熊！

在熊妈妈或熊爸爸的映衬之下。旁边的小熊一下子变得很小，像个玩具。我感到自己必须赶快逃离，可是身体却变得僵硬，动弹不了。不知何时我一屁股瘫坐到地上，就像被挤压进杵臼的年糕一般浑身发软，不听使唤。

砰！

从未听过的声音穿过我的身旁，和电影、动画片中的声音完全不同。不知是声音还是冲击。我噌噌一阵耳鸣，其他任何声音都听不到了。

砰，砰！

又是两声震耳的声响，一股寒意穿心而过。我两腿发软，无法站立。或许站不起来是对的——大人们正是认定我动弹不了才开的枪。

巨物轰然倒下。我的身体本能地蜷缩。死亡的气息令我害怕。正如那智刚才所说，我就不该到小熊跟前来啊！老师说得也对，我就不该来这里！

极度恐惧中我睁开眼，黑墙一般的大熊现在已经躺倒了。胸脯深处向外汩汩地冒着黏稠的血液，强烈的血腥味让我鼻腔内肌肉猛然收紧。

熊大抵还有气息，它大口喘气并伴随痛苦的呻吟。

脚步声在靠近，大人们将我抓住。

已经瘫软的我被从地面提起，余光斜视过去，角落里有光在闪。有什么琥珀色的东西发出淡淡的微光——是蜂蜜。

小熊呢？

我抬头一看，小家伙正慢慢把脸贴在大熊的脸上。似乎在问："妈妈，你没事吧？"

它的询问，得不到回应。

在痛苦的喘息声中，大熊逐渐失去活力，不再动弹。

小熊用舌头轻轻舔抚母亲的脸。

我从大人们的手腕中挣脱。他们在我身后呼喊，但我不愿理睬。我扑向倒在血泊中的熊妈妈，运动鞋的彩虹色被血完全浸泡。

"妈妈，妈妈……"

小熊似乎在不停地叫唤着,不断舔抚着母亲无神的脸。

看着它,我泪如雨下。

我被送往医院接受检查后,住进了一间病房。护士拧开淋浴龙头,暖意十足的水雾从淋浴喷头喷出,她提示我脱衣,然后用热水浸湿毛巾后温柔地为我擦洗。她的动作十分轻柔,可我的身体依然僵硬。纯白的毛巾很快变成土灰色。她按动写有"消毒"字样的喷雾剂,似乎表明我的全身都沾满了病毒。

为什么用热水、白毛巾给我擦洗、消毒?我身上没有病毒,只有熊妈妈的血,这是沾染在我灵魂中无法洗去的东西。

我穿着浅蓝色睡衣,呆坐在空床上,这睡衣的颜色正好是我此时心情的写照。窗户开着小缝,窗帘随风摇摆。若在平常,这一缕清风一定令人舒爽。而今天不同,吹进来的居然是阴雨,让头发未干的我感到阴冷。

那小熊哭了。

它的泪水,活像雨点。

它的眼睛……我不知道用什么词汇形容才好,像平时一样,我的思想又停顿了——

总之,那小熊伤心地哭了。

"谢天谢地,没事儿就好。"

妈妈走进病房,紧紧地抱住我。温暖扑面而来。相比言语,体温和胳膊上的力量把她的心情全部传给了我。

回到家里,妈妈什么也没说,默默地开始做汉堡。至于我违背外出禁令,撒谎说去眼科诊所这些,她再也没有提起。

打开电视机,播音员正在读新闻,熊妈妈的照片出现了,我迅速转过身子不想再看,可是声音却躲不过我的耳朵。

"……家住本町的一名九岁女童在即将遭到狗熊袭击时,被当地猎友会成员所救,狗熊现已被射杀……"

射杀——这个词汇在电视中正出自一位漂亮姐姐之口。猎友会、射杀、得救。我想换频道,但手抬不起来。画面换到播音室,一个叔叔模样的主持人笑着说:"呀,太好了!真想去撕掉这头狗熊的耳朵!"这时,频道变成了音乐节目,手握遥控器的妈妈成为我的救世主。

汉堡在烤炉里嗞嗞作响。那是去年从圣诞老人那里得到的黑色铁板烤盘发出的声音。以前,每当吃到热乎乎的烤肉,我都在心里暗暗感谢圣诞老人。可是今天却丝毫没有这种感觉。

对于眼前的肉,我难以动筷子。

"怎么了,不吃会凉的哦。"妈妈提醒我。

我一边想象着肉的好,一边尝试慢慢地把筷子放到嘴里。

还是不行。

不出所料,汉堡中流出的黏稠的奶酪,在我眼中变成熊妈妈的血，我开始反胃。我妈妈当时在看电视没有发觉。我听到电视里在唱歌，闭上眼睛，反胃稍有平息。

谢谢。电视中的平井坚①就像救我的英雄。

这时，爸爸火急火燎地开门回到家里。"好悬啊！"他手也没有洗就过来抚摸我的头。爸爸的手提箱一打开，里面放着西式巧克力点心。这种点心比巧克力还苦，还有一点酒味。我上一年级的时候说自己喜欢这种点心，商店店员吓了一跳。

为什么？

撒谎跑去看熊，不听大人劝告私自靠近棕熊，导致熊妈妈被射杀，大家却都一反常态对我这般友好，我怎么就能得到大家的原谅呢？个头一米八〇的爸爸弯下身体，把视线降到和我平齐。妈妈关了电视，平井坚的歌消失了。

"小雨，拜托你今后别再干这种让爸妈担惊受怕的事了！"

爸爸说话的时候，妈妈转过头来——啊，她原来悄悄地流下了眼泪。我听话地点头答应，把心中的"为什么"压了下去。他们二人不知道，他们越是这样推心置腹地说出心里话，我越难开口。

等我想出家门时，才发现我的彩虹色运动鞋不见了。

---

① 平井坚，1972年1月17日出生于大阪。日本男歌手、词曲制作人，毕业于日本横滨市立大学。

"在医院让扔掉了,再给你买新的。"

妈妈微微笑了起来,脸上的眼泪不见了。

听了妈妈的话,我穿了双蓝色的鞋走了出去。

怎么连我心爱的鞋也牺牲了。

一想到我那双被浸染得通红的运动鞋,在心里面,信号灯、石子、书包、黄色旗子……这些东西统统都像是被鲜血浸染了一般,学校的校舍像个怪兽,张着大口,把一个个来上学的学生全部吞噬。

这让我的脖子感到稍有凉意。一进教室,我竟成了英雄,大家七嘴八舌——真希望这帮家伙被怪兽生吞了才好。

"怎么样?害怕吗?很帅气吧?棕熊很大吧?你打不过吧?你接受采访了吗?要是能上电视就好了……"

大家七嘴八舌,很吵闹,我尝试着看能否关掉自己的耳朵。正当我努力集中注意力想屏蔽这些问题时,尾沼冷不丁大声说道:"可是,校规明令禁止单独外出的哦!"老师一进教室,尾沼及其一伙更加火上浇油。

"老师,您不管吗?冈岛可是违反校规了啊。"

老师一边安抚那帮家伙,一边微笑。

"冈岛同学经此劫难,心神俱疲,请大家别再打扰她了。"

感觉空气中飘来护发素的味道,我离开了教室。所有同学包括老师没有一个善茬,若在平时,我一定不会对他们客气,今天我忍了。因为我的行为更差劲。日语中骂人混账、蠢笨的"马鹿"①好像来自中国的典故"指鹿为马"——我没有心思对那群"马鹿"动怒，我才不是他们那种愚蠢的家伙，我是比他们更混蛋、更愚蠢，急了能用獠牙刺破自己上颚的野猪。

来到保健室②，看到门把上挂着"工作中"的提示牌，我松了一口气。门没锁，我脱鞋走进洒满阳光的白色病房。窗帘随风摆动，我感觉自己又回到了昨天的那家医院。我听到保健室的门被敲响，然后有轻轻的开门声音，在我的印象里，这样小心行事的只有那智。此时，我忽然意识到那天晚上，那智君也在那个医院里。

事后我有没有再见过他呢？

居然想不起来了。

明明是昨天刚发生的事，在我脑子里似乎却已很久远了。

"你没事吧？"

那智神情依旧，但我能看出他眼神中的担心。

"嗯……"

我轻轻应了一声。那智没有选择床边的椅子坐下，而是直接走到窗户边上——一定是想避开我的眼睛。

"小雨……没受伤害，太好了。"

---

① ばか：愚蠢、呆、傻，发音近似汉语的"马鹿"。
② 日本学校的医务室被称为"保健室"，医务室里设有供学生休息的床铺，学生在不舒服的时候，都可以直接请假，来到这里进行休息。

他的声音很小，却像针一样刺伤了现在的我。

刺眼的阳光，摇曳的窗帘。

六月的凉风原本最为舒适，吹在我身上却丝毫没有感觉。

"听说那只小熊安然无恙，被保护起来了。"

安然无恙？我只知道，新闻里面的话语，总是有所隐瞒。这是砂村先生告诉我的话。

我明白，那智的言外之意是小熊的妈妈未受到保护，遭到了灭顶之灾。

"嗯。"

我明知自己在耍性子，却毅然决然地由着自己的感觉肆意妄为。

那智一言不发地看着我的背影——我感觉他看着。我的视线开始湿润，像下雨天从公交车里看到的窗子。

"为什么大家还要对我友好？"

我终于将憋在心底的疑问抛向了那智。

"因为大家认为你更重要。"

那智的声音已经不再掩饰他的担心。

"可是，为什么我会感到难过啊！"

像被人紧紧卡住喉咙一般，我声音嘶哑，眼睛发热。"我……"眼泪扑簌扑簌流了下来。

"是我杀了小熊的妈妈。对吧……"

那智什么也没有说。

如果那智替我开脱，说些"怎么会呢！就算你不在，大熊也会被射杀的"此类的话，那我会哭得更伤心，也许会尖叫着跑出病房。但那智什么也没说。这一定是那智君的善解人意，他知道我现在向他索要的正是这份理解。那智轻轻来到我的面前，从口袋里拿出包子——本应送给他母亲的那个包子。他用右手小心地打开包裹纸，掰成两半，稍有迟疑之后，他把右手伸给我。

我并没有去接。

从那天之后，那智不再和我玩。

那智依然跟着我——这不过是我羞于启齿的错觉。平时总是我主动去约他玩，他只问今天上哪玩，然后就默默跟着我去。那智和平常没有任何不同，每天正常上课。偶尔在课堂上举手发言，在值日分餐时把果冻切得很漂亮。也并非刻意无视我的存在。早上会向我打招呼问好，橡皮掉地上了也会帮我捡起。然而某一天我才发觉，无论上学、放学都是我在约他，只要我不叫，他就一个人走。那智君没有变，每天以一种万年不变的神情向家的方向走去。而我……感觉我完全就是个单相思的笨蛋。

虽然也许不是那样，可我还是感到莫大的耻辱。不过，一想到那只小熊，我便不会为此事释怀。老师用了什么气味的护发素，同桌渡边啃得坑坑洼洼的铅笔，耗尽地球上绿色资源加工的粉笔的手感之类的……这一切的一切，统统不再是我的关注点。我不知道我的生活该如何继续下去——这种迷茫是可怕的，我只能像往常一样去上学。我不会像藤田那样无故旷课，也不会一个接一个地把问题抛给妈妈，让她陷人困惑。至于爸爸,每次见他我比以前笑得更开心——俨然他就是我的亲生父亲一样,我们总是笑脸相迎,一家三口经常一起外出购物——对外,我这样强装着,晚上一进被窝里便想哭。那只小熊哭泣的脸在我脑海中挥之不去。它现在过得怎么样?

它……回家了吗?

我不能去询问任何人。

放学后,我只身去了电脑室,向一位计算机部的六年级学长打听了使用方法。学长为我调出了搜索网站。

我用食指一个一个敲击键盘,极其小心仔细,唯恐出现错误,毕竟,电脑对于我,是一种完全陌生的东西。

"俱知安、熊。"

敲完之后,我停下手,鼓起勇气,又敲下自己不希望见到的词语。

"俱知安、熊、射杀。"

轻轻敲下回车键,电脑屏幕上显示的网页多得惊人。我逐一阅览,发现每一条都大同小异,只有"棕熊被射杀"及"幼女被救"两件事。

幼女显然是指我,但我却觉得她是一个被架空了的,住在遥远世界里的陌生孩子,并不是我。我持续按住鼠标左键向下翻看网页,放学时学校里播音员的喇叭提示音都贴到我的脸上了,我却没有找到自己想知道的信息。

问问警察叔叔、人行道边摇旗的老大爷,抑或少年宫的胖阿姨吧?他们或许会知道什么。可是,怎么可能呢?电视上有一位大学者讲过，互联网是世界上最大的百事通，这么看来，或许无人知晓我想知道的信息。

回到家里，妈妈不在。

桌上留着一张便条——我去唱歌了。原来今天是妈妈每周一次的合唱团活动日。不过晚饭的准备工作已经完成了。青椒切丝已放入冰箱，一想到今天能吃到青椒炒肉丝，我竟然好像在青椒的翠绿色中看到了电视上那位重要人物的脸。我从桌子最底层抽屉里的最深处小心取出活页笔记本——里面有砂村先生的地址，是签字笔写的，笔芯虽粗，但字迹工整。

我从妈妈的抽屉里取了张明信片，用签字笔细的一头写下了自己的心里话，也没有忘记使用偏僻汉字。

砂村先生：

您好。

一向可好？有件事不得不向您请教。我之前因为试图靠近一只小棕熊，可能会受到熊妈妈的袭击，结果熊妈妈因为我的原因被射杀了。我很伤心，想知道小熊现在情况如何，可是，我四处打听、反复查询，都未得到小熊的信息。

我不知如何是好，想请您帮助，拜托了。

真诚地期待着您的回信，我会每天查看家庭邮箱的。

雨子

写信期间，我差点又要落泪，最后硬是咬紧嘴唇没哭出来。砂村先生很早就教导过我，凡事要尽可能自己思考，自己解决。这次他还会不会这样说呢？不过，我实在是查不到任何有用的信息了，就连无所不知的互联网都查不到。

第二天起，我一天开四次邮箱，就算里面空荡荡，也要仔细察看角角落落，期盼回信早日到来。不知妈妈看到砂村的回信会生气还是伤心，但一定不会有好脸色给我。我早中晚查看邮筒还不够，周末节假日还会去多看两次。

又一个星期一，当我一路小跑从学校回到家里，一封信和洗衣房粉色宣传单一起出现在邮箱里。信件上，收信人栏清晰地写着冈岛雨子小姐，寄件人一栏赫然写着砂村贤朗。

我激动地打开信封，却发现里面竟是一张白纸。

背着双肩包的我，无力地瘫倒在床上。

自己思考！——我想，这是砂村用白纸告诉我的答案。

怎么办？一时间我脑子一片空白，坐立不安。手里握着那封信，走出家门，开始跑步。我只是往前跑，也不知跑向何处。

没人告诉我该怎么做。

我现在只能朝着羊蹄山一路奔跑。

遇到挫折的时候，我总会仰望羊蹄山。我最初练习素描的对象也是羊蹄山，我们学校校歌开头也是羊蹄山，本市的形象代言人土豆太君所戴的三角帽也是羊蹄山的形状。不过我跑向羊蹄山却不是因为上面这些原因——那头小棕熊就来自羊蹄山。

一想到小熊，我便无法停下脚步，尽管我的侧腹已开始疼痛。我大口大口地喘气，呼出的气息如蒸汽机车吐出的烟雾。我心想，只要遇上红灯就可以休息片刻，可偏偏这个时候，迎接我的是一路绿灯。

穿过一大片望不到头的土豆田，便能看到尻别川的小河堤。我避开台阶，一路跌跌撞撞地跑过一道道山坡。草丛划伤了我的手臂，小腹愈加疼痛，连喘息声都发不出来了。为了让仿佛要爆炸的心脏舒缓下来，我停下来——

凝视天空。

天气如此炎热，羊蹄山山顶依然被白雪覆盖，看着高耸的雪峰，我心想，如果这些雪全部消融，可不得了啊。这时，一群鸽子从我眼前飞过，像是要挡住我的视线一般。鸽子扇动着翅膀落在草坪上，它们几乎都是灰色，偶尔有几只是黑色或褐色。鸽群正中央，有一个艳丽的粉色背影，她那蓬乱的头发竟然协调地融入鸽群，从她扬起的手里魔术般撒出一片面包屑——扑腾扑腾，鸽子一起追赶了过去。

原来是鸽子阿婆。

她真实的名字没人知晓，我自己私下这么叫她。不知何故，大家戏称她鸽子婆。告示牌上写着"禁止给鸽子喂食"，老师也强调过。当我们纳闷为什么不能给鸽子喂食时，就会有人告诉我们——鸽子吃多了就会乱拉粪便。那算什么逻辑，难道要让鸽子不吃不喝，直接饿死吗？当我们再次追问时,大人们的回答也是模棱两可——真饿死了也只能自认倒霉。

我真搞不懂,"鸽子饿死了也只能自认倒霉",持这种观点的老师居然令人尊敬;而给饥肠辘辘的鸽子喂食的鸽子阿婆却遭人鄙视。

这世界我真的搞不懂。

"为什么给鸽子喂食?"

我走过去问她,鸽子阿婆停下挥洒食饵的手,头也不回地说道:"你觉得为什么?"言外之意是提醒我自己思考,她的说话方式竟然和砂村给我的回信相同。我暗自有点喜欢她。

"因为鸽子肚子饿了。"

"说对了一半。"

"那另一半是?"

我站在她旁边,想看她的脸,但鸽子阿婆依旧不看我。

"因为我也饿着肚子。"

她一直撒着面包屑,直到把口袋撒空。

"到底怎么回事?"

我忍不住发问,她依旧不回头看我,只是盯着拼命吃面包屑的鸽子。

"是啊,怎么回事呢?"

她既不告诉我答案,也不说出让我自己思考的话语。她的口气温和,似乎在说"我们一起讨论吧",这令我感到莫名的亲切——我挨着她坐在草坪上。

"你不讨厌我吗?"

"不啊!"

我脱口回答,鸽子阿婆回头瞄了我一眼。

"为什么呢?"

"你不是一直喂鸽子面包吗?"

"可是,大家讨厌我不也正是因为这一点吗?"

"真搞不懂大家为什么不喜欢'鸽子阿婆'你?"

"鸽子阿婆,我?"

被她一问,我才意识到我直接叫了我给她起的外号。

该怎么解释?鸽子阿婆面向我,一脸不解。

"因为你喜欢鸽子,我就这样叫你了,是我自己随便叫的。"

我如实回答,本想再说声抱歉的,但最后也没说出口,因为鸽子阿婆听完后竟哈哈大笑了起来。

"这个名字真好!"

"是吧,比什么鸽子婆好多了吧!"

糟了!大家起的外号让我一不留神又说了出去。我想听到这个外号她一定会伤心的,然而鸽子阿婆似乎根本没有把这放在心上,她凑过来问我的名字。听到"雨子"一词后,鸽子阿婆露出泛黄的牙齿,笑着说:"我的'鸽子阿婆'最好听,你的紧随其后。"

面包屑已经投完了,但鸽子仍不愿离去,一边咕咕欢叫,一边一扬一顿,上下打着拍子,鸽子阿婆把空袋子握成一团,装进口袋,那些地上的鸽子依然咕咕叫个不停,不知是祈求再给点还是在说谢谢。总之，咕咕声不断，身影一扬一顿。

"没了，明天再吃。"

"不错啊，你都听懂鸽子的语言了。"我对鸽子阿婆说。

"那是你想多了，我只是猜它们还想吃东西罢了。"

"能猜也算了不起啊，我就听不懂，我只能听到咕咕咕咕的叫声。"

"你说你听不懂也算一种执念啊……"

"没事吧？"

这时，我的脑海中仿佛又一次听到小熊的声音。

"没事吧，你怎么了？"

"妈妈，你没事吧？"

那头小熊的确这样说了，我真真切切听到了小熊这样的呼唤声。

可这既无法让我高兴，亦不会让我自豪。那低沉模糊的声音一下紧紧地揪住我的心，无法摆脱。

"这世上所有的东西，全部只是人的执念罢了。"

鸽子阿婆不经意间说出的这句话是否也算是一种执念呢。不过，说实在的，鸽子阿婆这句话让我轻松不少。

"我……是我杀死了棕熊妈妈。"

不愿回顾的事情却脱口而出，我只要一想起就感到难过，说出来时则更加痛苦。我不久前在心里暗暗发誓，绝不再向任何人提及此事，可是现在却……

鸽子阿婆什么也没有说。过了一会儿,她看了我一眼——第一次看我的眼睛而不是脸。我因此慌了神,不等她问便开了话匣子:违背老师的告诫叮咛,非要去看棕熊的理由,被砂村教导遇事首要自我思考的事情,觉得那头小熊那么可爱之类的心情,还有枪声的可怕——接下来,甚至连砂村先生其实才是我亲生父亲的事情都一股脑说给鸽子阿婆了。这期间,鸽子阿婆一言不发,一直是我一个人在讲,鸽子阿婆平静地看着河水,但我感觉她似乎在暗示我:"我在你身边"。

不知何时,天色变得昏暗,鸽群已经离去。

"抱歉!"我不好意思地说道。

"你说你杀害了棕熊,其实这也属于执念。"

"不一样的,我这可不是执念。"说完我掉下了眼泪。

"是吗?不管怎么说,你和我,我俩其实同病相怜。"

听了这话,我的泪水马上止住了——因为我不明其意。

"那,你想做什么?"

"我想给它道个歉,可是却不知道它去了哪里。也不知道如何才能再见到它。"

我一吐出自己的烦恼,鸽子阿婆立刻说道——好像她早就知道答案似的:

"去猎友会问问。"

"猎友会?"

"对,猎友会。就是射杀棕熊的那帮人。"

"不是叫猎枪会吗?"

"猎友会,打猎的狐朋狗友之会。"

我把新闻报道中的词语错记成"猎枪会"。"猎枪会"这名字听起来挺可怕,"猎友会"的叫法不更可怕吗!岂止是可怕,对我而言,是可恶!

"谢谢你!今后我还可以来找你吗?"我问鸽子阿婆,但是鸽子阿婆并没有回答我的请求。

周围已经暗了下来,我看不清她脸上的表情,但依然感觉亲切。

执念告诉我,写在她脸上的答案应该是:你知道我在哪里。

第二天,我悄悄在书包里装上喂鸽子的面包,下课铃一响,甩下一句"明日见"便跑出了教室。要去的地点在课间休息时我已经上网查好了。横穿国道,穿过大池公园进入林间小道。小道尽头是一个大木料工场,堆积着又粗又大的圆木,再往里走就是目的地。门外停着一辆银色的卡车,并排放着几个锈迹斑斑的大汽油桶,感觉怪怪的。粗大的木桩门牌上写着几个大字——俱知安猎友会。猎友会前面的"俱知安"并没有使用汉字而是改成了看起来更为圆顺可爱的平假名①了。这帮家伙真狡猾!我这样想着,把"人"字写三遍,然后"吞"下肚子②。没有门铃,我只好用手

---

① 平假名是日语使用的一种表音文字,除一两个平假名之外,均由汉字的草书演化而来,形成于公元9世纪。早期为日本女性专用,后随着紫式部所作《源氏物语》的流行而使得日本男性也开始接受和使用。

② 日本的一种迷信,吞下"人"字为自己壮胆。

敲门。吱扭一声，门打开了，一位留着胡须的叔叔露出脸来。

"干什么？"

"那个……那个，我想找熊……"

在算术课上早想好的话，在看到眼前这位大叔脸的一瞬就全给忘光了。

"熊？"

"怎么说呢？那个……想找熊……"

嘴里冒出来的依旧是前面的那半句话。再往下又没词了，我再次在手上写了一次"人"字，突然大叔提高了嗓门。

"啊，这不是我们救的那个小姑娘吗？"胡须下的嘴里居然闪着金光……

屋里是普通人家的摆设，厨房旁边是间大的和室房子，不知为什么给我一种夏令营营地的感觉。小电视机前放着不合时宜的地炉。戴着多摩利太阳镜的大叔与长着长寿眉的大叔和我围坐在一起。虽然地炉没通电，但这两位大叔的体温就让屋内有点温热感。

带我进来的那位金牙大叔则坐在旁边的椅子上。

他们问了我许多——从哪儿来、多大啦……可是，当时的我满脑子飘来荡去的却只有什么"救了你！""原来这样！""谁让你们救我的啊？"这些莫名其妙的词语碎片。他们彼此介绍一番后，便开始争先恐后地抢风头——"是俺救了你""俺的子弹打中的熊""俺的来福枪先开的火"……我想起鸽子阿婆的话语，坚持强忍不发。但在心里却厉声呵斥他们：那些全部不过是你们一厢情愿的执念而已！

"那个，当时那只小熊最后去了哪儿，你们知道吗？"

我纠结了许久，终于鼓足勇气问了出来。

"啊，你问它呀，送给当地的动物园来着？"

"哎？是哪家……哪家动物园？"

"大金牙"的话让我意外，甚至有点激动。

"哪家来着……多摩君你知道吗？"

果然他被叫作"多摩利"。

不过，我没有工夫为这事偷着乐，我身体前倾，"哪家啊？"

"那家，那边那个叫什么来着，那个……就是那儿——噢，想起来了，伊达政宗那个。"

"伊达政宗不是在仙台吗？"

"什么？"老大爷开口说话。他长长的眉毛俨然一副学者的样子。

"仙台，仙台在哪呢？"

没通电的地炉里我却感到更加燥热，脚碰到了"多摩利"，却没有道歉的工夫。

仙台，那可是在内地啊，它属东北，却在东北最南端。

内地、东北、最南端、仙台①、伊达政宗……这些名词概念我不太懂，只感觉挺遥远。要去内地非得横穿津轻海峡，而且是东北的最南端，这对于我这个只去过札幌②的小女生而言犹如银河系的彼岸。当我寻思怎样才能去仙台时，金牙大叔站了起来，他打开墙角一个皮革箱子，从里面拿出猎枪。

"瞧，这东西好吧，就是这家伙救了小姑娘你的命。"

说话间他咧嘴一笑，又露出一嘴金牙。

杀害熊妈妈的就是它，不，不是这杆枪，是"大金牙"。是他用自己珍爱有加的枪射杀了熊妈妈。还有旁边的"多摩利"、智慧绝顶的"长寿眉"。我不明白这帮人在高兴什么，可是，我什么也说不出口。我知道，其实熊妈妈是因为我才被射杀的，我不可能夺过那把枪打死眼前这三个"救命恩人"。

"啊，那个，熊妈妈的墓地在哪儿，大叔们知道吗？"

把该问的一打听，我想早早离开这鬼地方。

"墓地？"

"大金牙"放下猎枪，"多摩利"和"长寿眉"面面相觑，三人突然笑出声来。

---

① 仙台一般指仙台市。仙台位于日本本州岛，属于日本三大都市圈外的仙台都市圈的中心城市，处于七北川和广濑川之间，近仙台湾，是日本本州东北地区最大的经济和文化中心，是宫城县的首府。

② 位于日本北海道岛西部的城市。面积1121平方千米，人口197万，札幌是一座以雪而著称的旅游城市。

墓地就在这里。

"多摩利"用手指了指自己的肚子。我不明白他的意思。

"对啦,小姑娘你也吃点吧。"

"长寿眉"说着起身走向厨房。

"啊?"

橱柜门的开门声淹没了我的惊诧。"长寿眉"端出来一个大食品盒,盒子一打开,我便闻到了野营时那种令人窒息的气味。

"熊肉干,你吃过吗,味道好极了!"

"长寿眉"把盒子放在地炉上。看着盒子里黑色的肉块,我整个人僵硬了。

"正好,我肚子有点饿。"

"大金牙"一边摸着肚子,一边凑到地炉这边来,拿起一块便喜滋滋地啃了起来。我似乎听到自己嗓子眼发出咕咚一声,差点吐了出来。"多摩利"也拿起一块啃上了。"长寿眉"把盒子递了过来。我终于忍不住了,踉跄着离开了地炉,跨过"大金牙"的猎枪,跑出了房间。我一心只往屋外跑,感觉自己以来时两倍的速度——就像是飞过一般——瞬间穿过了大池公园。

我太单纯了。

如此那样被无辜射杀的熊妈妈,至少也该让它的身体入土为安才对,在羊蹄山的某处挖个墓穴,因为体格大,或许大家可以多来点人,分工协作共同完成,然后将它埋葬,用木棒为它做个十字架,双手合十送它去天国。

然后大家当晚喝酒、吃饭也无可厚非。

这只是我的一厢情愿。

那可怜的熊妈妈最终成为这帮家伙的盘中餐!

这是哪儿啊,我弄不清楚。

双手扶地,呕吐不止。

腾空胃袋之后,我侧身横躺在地,脸上感受到杂草的刺痛。隐隐听到水声,才意识到自己正躺在河边草地。这时我听到翅膀扇动的声响——原来是鸽子围拢过来了。那一刻,我开始幻想,鸽子会齐心协力把我托起飞向远方,带我到天外。

许多鸽子聚拢过来围着我,然而我的身体依旧贴在地面上一动不动。

鸽子开始啄食我的呕吐物。

"所以说嘛,你今天在学校的表现不像平时用功啊。"

听完我的讲述,被我叫作鸽子阿婆的女人打趣地说道:

"你觉得猎友会的男人个个都像恶魔,对吧?"

我并没有讲述我对那帮阿叔的感觉,鸽子阿婆却一语道破了我的心里话,我默默点头称是,她抛给我的却是一个使坏的眼神。

"不过,正是那帮恶魔救了雨子小姐你的命啊。"

对此,我也只能点头称是。

"当然,这个事实只对了一半。"

鸽子阿婆一边撕面包一边继续说道:"其实这个世界既无恶魔也无天使,他们都有两面性。"

"都有两面性?"

"啊,这也只能算作我的执念而已。"

我轻轻点了点头,从书包里掏出午餐时的面包交给鸽子阿婆。

"噢,多谢!"

鸽子阿婆发出阿叔一般的声音,从口袋里掏出橘子。

"想吃吗?"

看到那诱人的红色,我意识到我饿了。我拿过橘子,鸽子阿婆便开始用橡皮筋为我整理蓬乱的头发。

"这个橘子不是我给你的哦。"

"谁给的?"

"这个嘛,我也不知道。"

躺在地上的我从鸽子阿婆细长的脖子一侧看到对面的天空——湛蓝的天空里,鸽群开始散去。权当是那些鸽子给我的礼物吧,我把橘子掰成两半——这次又是左手的稍大。我顾不上撕掉上面的白丝,一大块全放进嘴里。

橘子真甜。

刚才呕吐的难受劲儿逐渐消失。

"吃东西本身可不是什么坏事喔。吃东西就是为了生存,雨子也不例外,对吧?"

我咀嚼橘子的声音越来越小,直到咕噜一声咽下——这声音其实就是生存的证明。

"然后,你要怎么做——仙台,你去不去?"

鸽子阿婆把话说得更直白了。可是,我却不敢正视她的眼睛。

"该怎么做，怎样才能去仙台？"

我的问题引起鸽子阿婆的耻笑，她的眼睛、嘴巴都没有动，只用鼻子给了我一些模糊的意思。

"这点事都搞不明白，那我劝你最好别去。"

鸽子阿婆把剩下的面包屑塞进自己的嘴里，一边咀嚼一边背过脸去，一副不愿理我的样子。

那天的蛋包饭比平时咸。

因为书包没拿回家，妈妈认为我放学后疯玩到了傍晚。这从她挤番茄酱时过大的力道就能看出端倪。不过，妈妈依然在鸡蛋上仔细加了香菜，在鸡蛋上用番茄酱写下我的名字"雨子"，后面还缀了一个心形。

这比画人脸要好。

我刚说完那句固定的招牌话"我开动了"，便首先对着那颗红色心形下了"黑手"。

其实回到家的时候我就打开了地图册去找到仙台的路线。可是，那里实在太遥远了，我一人实在去不了啊。

我陷入迷茫。

翻开煎蛋，番茄酱炒饭的红色很诱人，一大块鸡肉躺在米饭中间。

本能地吃，活着，优雅地吃。

鸽子阿婆的话我早已想通，我们大家天天都在吃着被宰杀的猪、鸡，没有谁把我们看成恶魔，所以那些叔叔不是，我……或许也不是。

"洗澡水烧好了。"妈妈说道。

"吃完去洗澡。"

妈妈的提醒和热水器的轰鸣形成了轻松优美的旋律。

早想一个人独处一会儿了。

我把剩的饭和清汤一起灌下肚子,将盘子拿到厨房。把西芹拨到爸爸盘子里,再把盘子泡进水里,把弄脏的衬衣塞进洗衣机。我脱掉裤子,这才发觉裤袋里有东西,伸手进去一摸,原来是揉成一团的橘子皮,凑近鼻子一闻,依然有酸甜的清香,这时脑子里浮现出了砂村爸爸。

唉,怎么会是砂村?橘子明明是鸽子阿婆给我的啊。

"真有点不可思议。"

镜子中的自己这么自言自语说着,然后突然喊出了声:"橘子是他送的!"

只穿着裤头从洗澡间出来的我,蹑手蹑脚地溜进厨房,妈妈当时边看电视边吃着蛋包饭。我轻轻打开抽屉去拿充电打火机——虽然身上凉丝丝的,在妈妈看电视大笑的瞬间我如愿得手——我必须感谢电视里的搞笑艺人。

"看好了,一定会显现出来的。"

应该是很久以前的记忆了——砂村把火移近用橘子汁绘成的透明画,白纸上居然出现向日葵的图案。我很兴奋,之后多次用这办法给砂村和妈妈送去密信。

我把所有愿望寄托在食指上,咔嚓一声脆响,火点着了。我左手拿好明信片,小心翼翼靠近打火机,紧紧盯着一无所有的白色明信片,果然……

茶色字迹清晰显现出来，是砂村的留言——原来这张白纸是用暗号完成的魔法信件。我的心脏开始扑通扑通猛跳。火光中字迹逐渐加重。

字只有一行，竟然还是谜一般的英语——You can do it！

不会吧，怎么会呢。

真不敢相信。

九岁的孩子要坐飞机而且是独自一人。会不会创吉尼斯世界纪录呢——在这样的兴奋中，我把座位安全带勒到尽头，两手紧握，闭目养神，飞机在发动机剧烈的轰鸣声中在跑道上开始奔跑。飞机在加速，然后我身体猛地向后，忽然轰鸣声消失，我开始大口大口地呕吐。

窗外景色开始倾斜，机场长长的跑道逐渐远离，周围的树林像立体模型一般变得虚幻。在飞机的震颤中，我手里紧紧攥着砂村先生的明信片。

"你一定可以的！"

在电脑上查了"You can do it！"的意思，他在鼓励我：自己思考，自己努力，一定可以成功。再加上给我橘子的鸽子阿婆。

他们让我欣喜，给我勇气，我干劲十足。

查清仙台动物园的位置后，我便奔向了火车站，向站台服务员打听乘车路线。结果吓了一跳。站台服务人员告诉我：须乘飞机前往。而且耗时大约六小时，机票费三万日元。我当时就绝望了。不过,"你一定可以"的声音在耳旁响起。我对此深信不疑,趁妈妈不在家时,我把寄放在她衣柜底层的邮政储蓄存折拿了出来。当我第一次翻开写着"冈岛雨子"的存折时,里面的钱数吓我一跳——六万六千八百二十三日元,我不记得自己的压岁钱竟然有这么多,一定是邮政把这么多年的利息也算进去了。我把存折和卡塞进小挎包,锁上扣子便奔向邮局。

取出现金,我一下子成为有钱人。接下来,要摆平爸爸妈妈。该编怎样的谎话瞒过他俩呢?正在这时,我听到美琴和谷千晴、石井梨奈一起商量周日去野营——美琴是班上最有钱的,也是最漂亮的,听说要坐她爸爸的旅游面包车去洞爷湖。我立刻从座位上站起来过去求她们一定把我带上。果然,谷千晴和石井梨奈听罢我的请求,皱起了眉头,但美琴却没有。

"带上你有什么好处?"

一副成年人做交易的口吻。

"什么我都答应。"

我满口应允,一脸渴求。美琴露出富家小姐特有的笑容。

只要能见到那只小棕熊,我什么都愿意。哪怕每天替谷千晴和石井梨奈背书包回家也可以。

接下来就简单了,妈妈给我两张五千日元的纸币以备急用。我小挎包里的现金超过七万日元。双肩包里已经装好了换洗的衣服、毛巾,还有各种点心——全是我独自一人旅行用得到的。当我把一个大大的晴天娃娃挂到阳台时,爸爸笑着说:"看来你对这次外出旅行的兴致还蛮高啊。"

万里无云,十分晴朗。

今日,天公作美。

我在车站的公用电话旁给美琴家里打电话,谎称自己因为感冒无法一同前往,边说边挤出几声咳嗽声并连连道歉。打完电话,我谢过站台服务人员,跑进了列车。

进列车,出列车,进公交又离开公交。

轰隆轰隆的声音再次响起,我的心脏被震得仿佛要停止了。

我独自一人坐上了飞机。

飞机的震动与以往我所知的一切震动都不同。我怀疑机翼是否会被震裂,惊恐中,朝窗外看去——外面是一片片云团,映衬着天空,仿佛一座座灰、白、蓝三色相间的堡垒。

飞机会不会坠落?

我今天会死掉吗?

我就这样不断颤抖惊恐着,又在害怕的空隙不断陷入短暂的昏迷式的睡眠。后来——砰的一声,轮子着地,飞机在地面逐渐开始减速。

这一切发生得太快,多年后再次想起这件事情,我总觉得,坐在飞机上的体验和这次旅行,都像是一场梦。

当飞机停稳我才发现,有太阳光从圆形的飞机舷窗外直射进来,这让我眼中的机舱一下子明亮起来。

仙台比我想象中要繁华。

机场的天花板极高。机场里人满为患，人们步履匆匆。我没有胆怯，因为要去的地方已经被我仔细查过许多遍。我用手指着笔记本上的记录，在仙台机场换乘地铁。地铁在幽暗的地下穿行，这让我又一次开始胡思乱想——如果隧道崩塌，我被活埋在地下该如何是好；如果我逃出这趟列车，却发现四周都是一片黑暗，这该是多么绝望的场景啊。在这个幻想之中，我四处摸索着，打算寻求帮助，抬头张望，却在完全的黑暗中看见了发着金光的动物园广告海报——彩色考拉在招手致意——"热烈欢迎！"

我想起一件重要的事情——

如此不顾一切地来到这里，是有原因的。

接下来，仙台任何新鲜东西，都不再吸引我的注意力，或是让我想入非非了。

我走出站台，发现站台的对面就是动物园。动物园大门柱子的外形是个长颈鹿，一眼望不到头的特产店，上面白猫头鹰的眼光敏锐异常。但这一切都不能吸引我的注意。现在我越发想那头小棕熊了，心、眼、耳、鼻、口……所有感官都在想它，我的灵魂中此刻别无他物。

现在是下班高峰期，我迎着回家的人流，逆行爬坡而上，终于到达一处小山包的顶端，我的眼前出现一排黑色铁栅栏。栅栏里侧是一条长长的壕沟。翻过壕沟，前面是座石山，山石嶙峋，凹凸不平，山石是红土色的，有别于没有任何花草装点的褐色山石。在石山的右侧有个"四不像"的小池子——说大不大,说小不小。

这个时候,有什么东西动了一下。

正是那头小棕熊!

它在朝我这边看。

我激动得无法挪动脚步。

小熊露出一双圆圆的小眼,一直盯着我看。它目光炯炯,我眼睛湿润——不,或许这仍是它的眼泪,只不过它用我的心在表达,在诉说着。

眼神中闪烁的那些光芒,原来也有着透露孤独的时候。

"救我出去",我好像听到它说话。

"救我离开这里,求你了!"

等我,我一定会帮助你!

我攀上栅栏,想飞向它的身边。但攀过栅栏,脚下却是一处壕沟和对岸的水泥墙——我到不了石山,我的身体被水泥墙的高度档死了,我从栅栏上掉到了沟底,双腿着地,一下子扭伤了,剧痛让我的头几乎要炸裂开来,我眼前一黑,等视线恢复时,已经重重地掉在沟底了。在恍惚中,我向上看去,在清澈的天空里,我看到了它圆圆的可爱的脸庞。

它正在那堵水泥墙上面俯视着我,好像说着什么。可是我被摔得耳鸣,什么也听不见。结果,它盯着我,直接跳了下来。

我会被压死!我闭上眼。

只听地面咚的一声。

惊恐中我睁开眼睛一看,它就在我眼前。

"你来救我出去吗?"它问我,听到它低声问话的瞬间,我的疼痛无影无踪了。

我无法回答。

"要救我出去吗?"

这时听到一声厉喝:"不行!"我往上看去,一个穿着鲜艳红色 T 恤的女人出现了。

小熊发出低沉不满的声音走了过来。

"别胡来!!"红衣女子说着举起手中的洗涤刷,小熊依然发出低沉的呼哧声,张开嘴。

"别动!"女子手中的洗涤刷重重地打了下去。

"不……不能!"

我本想大声喝止,却没有力气发出完整的声音。

刷子打中它的肩头,它发出嗷的一声。

"住手!"我大声叫道,但依然不管用。我想用身体去挡,但我站不起来,遭受刷子击打的它因胆怯而后退。这当口,红衣女子用力抱起了我,跑向坑道里头的铁栅门。

"你这孩子是要干什么,怎么闯进来的?"

这女人非常生气,既没有递手绢给抽抽搭搭哭泣的我,也没有一句暖心的话。

"你差点要丢命的,知道吗?别胡闹了,别哭了……你倒是说话呀!"

在别的饲养员跑着拿来担架之前,这女人一直愤愤不平,喋喋不休。

我只是哭泣,什么也不能说。这让红衣女子更加愤怒了。

聚集过来的人将我轻轻抱起来，放在担架上，送到医务室接受治疗。

现在想想，那个时候的我，无论再怎样勇敢，终究不过只是一个几岁的孩子。那天跌落之时，我认为这辈子会失去双腿，再也无法走路，于是因为恐惧，边哭泣边浑身颤抖。不过后来大夫告诉我只是扭挫伤，并没有什么大问题，我的心就一下子放了下来——那个时候的我，觉得这位医生像一位慈父一样。

当我被转移到一张小床上后，几个人走了进来。其中一个男人脸色黝黑，不知该喊叔叔还是爷爷；另一个是穿西装的年轻姐姐。外面是那个红衣女子。我一看到她，心里就开始紧张。

不过，这个红衣女子却一言不发。

皮肤黝黑的叔叔好像是动物园的园长，他语调温和地向我发问，当我说到我从俱知安一个人独自过来时，他不敢相信，平静地说道："小朋友可不要撒谎哦。"

红衣女子斜眼瞪我，也表示怀疑，刚才没有看清，在室内日光灯下，我才发现她的年岁应该比我妈妈还大——她眼角有好几道鱼尾纹，不知道为什么我一开始没有察觉她是一位阿姨——可能因为留短发，而且凶巴巴的缘故吧。

我默默地拿出机票给他们看，三人面面相觑。

"你真是一个人出来的？"

园长再次确认，我如实回答，只是没有提及我此行的目的，我不想让人知道这个秘密，于是硬是咬紧牙关没有说。

我把家里的电话号码告诉他们之后，园长离开了房间。红衣女子留了下来，我想要躺下闭目养神，她却凑过来一个劲儿盯着我看。

"你干吗要千里迢迢来到这里，还要钻进我们园里？"

"我想看小动物。"

我尽量如实回答，但这女人却不肯罢休。

"札幌不是也有动物园吗？"

"两边的动物不一样。"

"……你想来看雪之介吧？"

"雪之介？"

我眉头一皱，很快又反应了过来——

原来"雪之介"是小熊在这个园里的名字。

"那我换个问题，你是怎么跳进园内的？"

说这话时，她又换回那副凶巴巴的面孔，这让我再一次感到脸皮发紧。

"很幸运的是你只是扭挫伤……你知道吗，搞不好你会丢掉性命的，虽说是小熊，看上去很可爱，可是毕竟是熊啊，我们也是冒着生命危险在饲养它……"这次她说话的口气正式了不少，但比刚才生气发火时更令我感到害怕。

"你们为什么要冒着生命危险来养它呢？"

我胆怯地反问，引来女人更加凶狠的目光。

"请你不要反问我，我现在在问你呢！"

我再次陷入沉默，静静听着钟表走动的响声，感觉时间凝固了。

"回答我，为什么要翻墙进入园内？"

"小熊想让我救它出去。"

听了我的回答，女人死死盯着我一动不动，连眼也不眨一下。我感觉她会挥手打来，手紧紧地握住毛巾毯的边缘。

她的那种眼神是我至今见到的人中最可怕的，但我似乎在别的动物身上见过这种眼神……对了，在电视上见过——抓捕猎物时黑豹的眼神。

我现在是她的猎物，我是住在原始森林中的一只小动物，一只小松鼠或者别的什么。

她不用咀嚼，就可以一口把我吞下去。

然而女人却一声不响地走了。

过了一会，来了一名警察，问了我许多问题——这可能就是警察问询吧！不过整个过程我没有感到恐惧。

"若是成人，你会被逮捕的哦！"

说这话时，警察依然面带笑容。

警察走后，我盖上毛巾毯睡了，不知道是不是因为过度劳累，我一直在昏睡，直到后来被妈妈叫醒。

她又一次嘴里喊着："雨子"——我又一次被匆匆赶过来的妈妈紧紧抱住，和上次一样。我甚至产生了错觉，以为时间倒流。不过，今天妈妈的身后跟着爸爸。爸爸把我从妈妈怀抱里一把抢过去，使劲抓住我的双肩。

"为什么这么做，为什么要撒谎？"

我没有想到爸爸生气了。

虽不明白发生了什么事，但眼神告诉我，爸爸快要哭了。

"你这家伙，到底要闹到什么地步才善罢甘休呢?!"

爸爸第一次称呼我"你这家伙"①!

"对不起。"

我只能道歉。

爸爸抱住我，一双大手贴在我的后背上，妈妈在一边哭泣，后面还站着园长和医生。不知何故，他们似乎也眼泪汪汪的。

一出动物园，妈妈的情绪又控制不住，猛然爆发了，和上次不同的是，这次两人的发怒让我感到些许欣慰，我头一次感受到了亲生父亲一般的爱，这让我感到有些难为情。

"对不起！我只是想见小熊。"

在西餐厅吃晚饭时，我说出了自己心里的话，爸爸放下手中的汤勺，看着我说："雨子，请你听爸爸说说这件事。那天你不考虑自己的安全，私自去看棕熊或许是你的错，可是熊妈妈被射杀并不是因为你，你不该为此事而介怀。"

我猛然把餐勺插进餐盘里鱼贝鸡米饭的正中间。

爸爸的话不对，如果我不在现场，熊妈妈最多被麻醉枪击中，睡一会儿，不会丢掉性命，也不会被吃掉，这件事自始至终都是因为我，只是我一个人的错。

我不想再吃什么，端坐在那里不说话。

---

① 在日本这是不礼貌的行为。

"我吃胖可都怪你啊。"妈妈笑着说,把我剩下的两个鲜奶冻全吃了,爸爸破例喝了瓶葡萄酒。

仙台车站前的小宾馆房间只有两张床,我和妈妈挤一张。

想起小时候,每当感到害怕时,我就会过去钻到妈妈的床上,闻到妈妈身上的香味时就会睡得很踏实。到现在依旧如此。

然而,这温暖却让我痛苦。

因为小熊一辈子也不会有躺在妈妈身边的机会了。

第二天,我们一家人稍微逛了逛仙台的街道,但我不记得逛了什么。后来,回程的飞机、从机场转乘的地铁……这些东西就像在课堂读的教材一般,在我心中完全没有了印象。

吹走我心中迷雾的是那群鸽子,不,是鸽子阿婆。没等她问在仙台发生的事,我便一股脑全部说了出来,说着说着,我的迷惑在不知不觉间也消失殆尽。鸽子阿婆一直在听,一言不发。等我把仙台土特产面包交给她时,她才开口问道:

"你真的听到了熊说话?"

"嗯,真的听到了,听到它说让我救它出去。"

"这是你的执念吧。"

给她这么一说,我猛然回过神来,"要救我出去吗?"当时在铁栅栏底部,小熊这样过来问我时,红衣女子斩钉截铁地答道:"不行。"

那女人应该也听到了小熊说的话,这应该不是我的幻觉。

我确信无疑，抬起头来。

"不是我的幻觉，想让我帮'你'，'你'的确说过的。"

鸽子阿婆听了我这话，吓了一跳。

"你？谁啊？"

鸽子阿婆认为我说的"你"是她。

不知什么时候，在我内心把那头小熊称呼为"你"。我在说的小熊，现在是叫什么雪之介来着。

"你给它起的名字叫'你'吗？"

不是，我不知道它叫什么，它真正的名字应该只有它死去的妈妈才知晓。我不知道，动物园的人也不知道。我就用"你"这个词称呼它。小熊、小黑、小妞其实都可以叫，但我觉得还是叫"你"比较亲切，比较特别。自然而然就在内心这样称呼它了，我为这个独特的称谓还得意过一阵呢。

鸽子阿婆好像猜透了我的心思一般对我一笑，尽管满脸皱纹，牙齿泛黄，在我看来，她却是极其好看的——我非常喜欢她的笑脸。

"我，要救'你'出栏，一定要帮'你'。"我对着天空说道。

"怎么个帮法？"

"还不清楚，我会想办法，靠现在的我也许办不到，但我一定能——不管花费多少年，我一定会帮'你'离开那里，不惜搭上自己的性命。"

最后一句，我是说给那个眼神像黑豹的女人听的——我绝不会输给黑豹女。

我看鸽子阿婆撕开面包袋,一掰两半,把右手的一块递给了我,另一块拿在手上看了看,她撕一块放入口中,然后大声笑着说:"什么呀,这面包好难吃。"

鸽子们被她的笑声吓得扇动翅膀,我也吓了一跳。

或许她在用那种方式的笑声告诉我——

加油!雨子,你一定能。

"那么你做好思想准备了吗?"

鸽子阿婆把面包撕碎抛向空中,表情一变,和方才完全不同。

"当你铁了心要做什么时,则一定要有舍弃自己珍贵之物的心理准备。"

我无法避开她的视线。

我知道自己想得不够周全。搭上性命去做这件事情,无非也就是仙台动物园那一幕再现一次罢了。这么看来,鸽子阿婆应该舍弃了所有自己珍贵的一切,豁出性命在坚持为这群鸽子喂食吧。我视线一直不离开鸽子阿婆,把面包一口吞下。我决心调整心态,改变志向,勇往直前。

我把自己泡在校图书室,尽可能多地读书、查阅、记笔记。我如饥似渴地学习,尽管有许许多多搞不懂的知识,但为了能够救"你",我必须把自己培养成一名饲养员——月之丘动物园的饲养员,准确地讲就是成为"你"的专职饲养员。

要当上一名饲养员,方法虽然多,但在日本,因为喜欢动物、想当动物饲养员的人也超多,所以竞争非常激烈,如何脱颖而出，让梦想成真……对我而言需要学习的东西真的太多了。

我清楚眼下能做的只有加倍努力，加倍用功。

从此，我认真聆听老师教诲——铅笔、橡皮的消耗速度是原先的十倍。老师们为我的改变感到惊诧，总是夸我：经此一遭，雨子性格大变，脱胎换骨！

我改变了自己的人生志向，要让自己成为一缕能够带给"你"光明的阳光。

虽然我现在还很弱小、稚嫩，但我一定会变得强大起来的。

"有重要通知，请注意听。"在制定暑假活动计划表的课堂上，老师说道。

其实，老师嘴里的"重要通知"无非是某某的鞋被偷了，某处的水龙头被面包堵塞了之类的话。但我还是停止书写——今天的气氛有些奇怪，我有一种不祥的预感。

"本学期，那智同学要转学。"

我的预感应验了，在老师的催促下，那智君红着脸从座位上站了起来。

"那智君因父亲工作的原因，下学期将去东京上学。"

听到东京二字，教室里响起一片赞叹声。

那智君腼腆地看着地板，老师提醒他，让他讲话，他才不情愿地走到教室前面。

"一周后我就要离开了，谢谢大家一直以来的陪伴。"

那智说话时，视线一直停留在教室后墙的字上面。但他说着说着，却忽然看向了我。

我急忙低了下头。

从那天起，我和那智君就几乎没怎么说过话了。

在那之前我俩每天几乎形影不离，无话不谈，如今，一句话也没得说。

在人生的层面，那智君似乎要和我擦肩而过了。

说到东京，对我而言完全是个无法想象的世界，仙台已经让我觉得又远又神奇，东京更远更大，无法想象。

早上开完典礼，下午我们就放假了，虽说已经放假，我心里却非常不愿意离开学校，总希望校长大人的长篇讲话一直持续下去，站在最前排的那智君一动不动——就连他那一头蓬松的头发也纹丝不动。从体育馆回来，我们班要为那智君举办送别会，我开始替那智君担心——大家都如此兴奋，只有那智一个人因离别而伤心，这样的场面如何是好？

那智虽也附和着满脸笑容，但明显是强装出来的。

美琴说了诸如"感谢一路走来"之类的话，大家合唱了那首《谢谢，再见》，最后，老师拿出了大家悄悄写好的临别赠言卡，我不知道写什么好，就把砂村的话抄了上去。

老师突然在我耳边小声说："冈岛，你去把大家的签名卡交给那智君。"

虽然小声交流，但那智一定能够听到，我不知道如何面对那智，脸一下子变得通红。

"你俩不是好朋友吗？所以……"

看来我只能听从安排了。

我低头走到前面,把那些留言彩纸递给他。我什么也说不出口,那智什么也不说,教室瞬间安静到极致,这时老师突然鼓掌,同学们也一齐鼓掌。那智面向全班同学深鞠一躬。

送别会一结束,同学们都朝那智的座位围拢过去。

我不由自主地走进厕所,在里面消磨时间。

等走廊安静下来后,我回到教室一看,那里已经空无一人。

结果,那智君和我什么也没说就回了家。

我在校门口找到一个小石头,小心翼翼地一路踢着,让它陪伴我回家,拐过街角,心想再踢两脚就应该到达终点了,就在这百无聊赖的落寞中,抬头一看,那智君就站在我眼前。

"小雨……"

许久没有听到的声音,依然如故。

"杀死小熊妈妈的罪魁祸首并不是你!不是的!!"

眼泪从嗓子眼向上奔涌,我鼻子发酸,只想哭出声来。

"谢谢!"我向那智鞠了一躬。

这是我人生至那时最有诚意、最饱含深情的一个鞠躬。

"因为你,现在我已经没事了。"

我抬起头强装欢颜,那智在哭。隔着眼镜框,他的眼泪吧嗒吧嗒往下掉,鼻子一抽一抽的。

我不能阻挡他的哭泣,否则,我将和过去一样,毫无变化,我将又变回曾经的任性的雨子。

"那智君……所以……再见！！"

我站在原地不动，想把那颗石子踢走。

那石子正好滚到那智君脚下。

"……再见……再见！……再见！！"

那智君说罢，捡起那颗石子离开了。

二〇一三年

天空一旦下起大雪,就不能再向路边的石子随意发泄心中的愤怒了,倘若捏一个小雪球扔出去,雪就会四散奔逃,毫无骨气。

没劲儿。

我内心发誓,为营救"你",赴汤蹈火在所不辞,可是现实的困难犹如冰山,巨大而坚硬。随着对各种知识的深入学习,我才明白,要当一名动物饲养员,绝非易事,在日本这个国家,想干这一行的人很多,辞职者几乎为零,自然也就少有招聘信息。加之我又只想去"你"所在之处,除过仙台的月之丘,其他任何一家动物园我都不会去的——全国八十九所动物园中,八十八所对我没有意义,就是说,和其他只想在动物园谋职的人相比,我的成功难度要比他们高八十九倍。

月之丘动物园属仙台市经营单位,要入职必须先通过地方公务员考试。此外,还有几项需要加分的资质和认证需要通过，但共同条件是必须年满十八岁——拥有那些资质是必需的，和其他竞争者比拼的就是这些东西。当然，最重要的砝码，或许就是工作经验了，于是我决定上高中之后在动物园勤工俭学——初三秋季，我多次外出进行一日游，了解打听。

札幌动物园没有招聘需求；小樽①水族馆也一样，理由是动物饲养工作有危险；昭和新山②和登别③熊牧场情况稍好，招过临时工，但要求必须满18岁，理由同上。

那时我感觉自己的人生脚步，处处受阻于十八岁这个数字，无论怎么抗争也无法打开这个枷锁，我由起初的心有不甘、愤愤不平，到最后开始伤心消沉，无所事事。

当一个人发现自己被排除在梦想的圈外时，内心又怎么能够静若止水呢？

我把撕下的面包扔向河里，遭到鸽子阿婆厉声喝止。

能做的只有努力学习。

我开始变得心神不宁，开始焦虑。

这或许是每一个有明确目标而执行受阻者都有的感受吧。

我开始怀疑自己的行为是否真正对"你"有利，是否真的

---

① 小樽，日本北海道西南部港口城市，是日本三大都市圈之外的札幌都市圈的组成城市，札幌的外港。
② 昭和新山位于日本北海道有珠郡壮瞥町，属于支笏洞爷国立公园。是由火山喷发的火山岩堆积形成的。
③ 登别位于北海道西南部，拥有登别温泉、卡露露斯温泉、登别临海温泉等许多温泉和树海、湖沼等，景观极富变化。

能帮到"你"。

中学最后一个寒假,就是在这种闷闷不乐的情感中度过的。

一天,我手机里的谷歌地图上,出现了岩内驯鹿公园的提示。

岩内距离俱知安乘巴士约一个钟头,是地处北海道西侧的港口城市,还没通电车。

我在驯鹿公园前那一站下车,一个大广告牌上有驯鹿角形状的路标,车站名虽叫"公园前",但实际上车站离公园还有很长的路,而且道路被冰雪覆盖。

我看到一群小木屋建筑,房子的对面是一片白雪皑皑的平原——那里应该就有驯鹿。

来到动物园——虽然天寒地冻,但这里却超级热闹。大人带着小孩,付了五百日元的入园费进到园里观看驯鹿。驯鹿比想象中的个头大,很是威风气派,眼神却极其温顺、善良。

或许是因为驯鹿就是被驯服的鹿吧。

公园偌大的广告牌上,有一条横写的招聘信息:招聘志愿服务者。

"志愿者"三个字在我眼中熠熠发光,像是救命稻草。

"请问园长在哪里?"

"就是我。"

这回答让我一惊——黑边眼镜配上大红连体工作服,这样的怪人居然是园长,我脑海闪过一丝不安,但马上意识到人不可貌相,便挺直上身,准备向他行礼鞠躬。

"哈哈哈,其实我不是园长,只是圣诞老人罢了。"

和外观一样,他的思维也确实是怪人思路。

"请允许我在此处工作,以志愿者的身份在此工作。"

像千寻①恳求汤婆婆②那般,我主动争取道:"今年春天我就上高中了。"

"哦,好啊,那你就春天过来吧。"

就这么简简单单同意了?我非常意外。

"请问您这里有没有面试之类的环节?"

"你喜欢驯鹿吧!只要有这颗心就够了。"

太意外了,我无言以对,只有用力深鞠躬。

如此一来,考上小樽的高中就成为我的目标。

我将全力以赴。

通过和老师多次交谈商量,我决定报考岩内一所道立③

---

① 荻野千寻:动画《千与千寻》的女主角,是一个瘦小的十岁小女孩。在搬迁的路上,误入鬼怪神灵休息的世界,她在好心人的指点下到汤婆婆那里工作,最后帮助白龙想起了自己的名字,解除身上的咒语。

② 汤婆婆:动画《千与千寻》里澡堂"汤屋"的主管,同时也是镇上的管理人。她经常化身为黑翅膀的大鸟出门巡视,将不工作的人都变成猪,而为她工作的人都会被拿掉名字,一旦记不起来,就永远都离不开她的澡堂。然而,她对澡堂的客人却是百依百顺,笑脸相迎,每天都在房间里数钱记账。

③ 日本的一级行政区域划分为一都(东京都)、一道(北海道)、二府(大阪府、京都府)、四十三县。所以北海道的道可以理解为行政区域的叫法。

高中——若在这里上高中,我就可以方便出入驯鹿园,专心当一名志愿者。

第二年春天我考上那所高中。一心盼望我上好高中的父亲似乎显得不甚高兴。然而母亲却一如既往盛装打扮,笑脸相迎。

鸽子阿婆也送来了升学礼物——打开一看,竟是面包。

这是一所普普通通的高中。

学校临海,从教室可以看到笔直的海平面。

海的那端应该是仙台。而"你",就在那里等着我。

我陷入沉思。

其实我心里清楚,这海的那端是俄罗斯。

我在地图册上查证,海的那端是一个叫马库西莫夫卡的城镇。用手指比量一下,俄罗斯的这个小镇比仙台离这里还近。尽管偏僻,我还是为选择来这里读高中感到高兴。提起俄罗斯便想到熊,再说马库西莫夫卡这名字让我感觉和熊有缘分①。自此之后有事没事我都会把马库西莫夫卡这个名字挂在嘴上。课堂上犯困时——马库西莫夫卡;肚子痛时——马库西莫夫卡;面对情绪不定的驯鹿也是——马库西莫夫卡。我的电脑邮箱地址也是马库西莫夫卡,但密码是〇六〇九,每次敲击时我总能感觉到一丝心痛。

六月九日是与"你"相逢之日,也是"你"的妈妈被杀

---

① 日语中熊的发音是"库马",这个地名前两音倒过来正好一致。

之日。

每年此日，我都会请假去仙台看"你"。

我把自己打算做一名动物饲养员的想法也讲给了父母，但理由只说了一个皮毛，真实的想法有所隐瞒。

妈妈完全信以为真，夸我理想不错，爸爸也错以为我会成长为一个出色的女儿，两人答应每年五月生日那天给我购买去仙台旅行的机票。机票颇贵，但父亲总是满心欢喜地主动请假陪我。虽然我更喜欢独自旅行，但也不好拒绝父母，我一个人去动物园期间，他俩就到别处去观光，一家人都挺满足。

从小学四年级到如今，"你"已成长为大熊，个头和它的妈妈当年一般高了。我惊诧于"你"的身躯之大，不知该如何搭话，"你"却盯着我看，对我说："我想回家。"

"你"的确说了。

"抱歉，抱歉。"

我反复道歉，"你"并没有责怪我，只重复那句话："救我离开这里。"

"抱歉啊，等我。"

我只能这样回应。

"你"一直盯着我看。

"你"的体格虽大，但眼神从没变过——依旧湿润。

第二年、下一个第二年"你"一直这样和我交流，每次和我见面，总是用湿润的眼睛恳切地看着我问："你是来救我的吗？"

"抱歉啊，还不行。不过请你一定要等我。"

我道歉后，"你"既无责备，也不生气，只是伤心闭目。

在园内辛苦吗？热不热？能吃到可口的食物吗？

我想问的太多，却无法开口。我知道我的问题毫无意义，就算"你"辛苦，我也什么都做不了，逐渐的，"你"不来见我了，这令我十分落寞。

教室里传来女生叽叽喳喳的喧闹声。

这声音和周一早上的倦怠感格格不入。几名女生一大清早活力爆棚，不知道有何乐事，不断地拍手叫好。

是在表演吗？

产生这种幻觉，是因为我把她们看成了关在笼中的雌猩猩——那些雌猩猩每天都因为一些小事兴奋得不亦乐乎。

到小学三年级的某一天之前，我一直认为学校是个让人特别快乐的地方。周一早上，总会因为能听一些新鲜事而兴奋激动。不过那些仅仅只是幻想，这一点，我比其他同学清楚。不，早先退学的筱田或许比我觉悟得更早。我和筱田稍有不同。我知道学校是一个既非只有快乐又非只有痛苦的地方，学校是我们用功的地方。听起来似乎理所当然，可是大家往往会忘记初衷，为朋友关系不融洽，为恋爱苦恼而寻死觅活。

学校是学习之地，只要明白这一点，就不会觉得上学有多么痛苦。然而，放学后的合唱练习实在痛苦，尽管歌词里有一节这样唱道：

"发誓之后,全力以赴,美好的记忆,将洒满校园……"

不知何故,我们这所高中,每年十二月都会举办班级间的合唱对抗赛。也不知何故,无论学生、教师都会拼命去争取比赛奖金。《再来一次,精彩的爱》这首歌被反复练唱,在不断的"再来一次"的要求声中,我对这首名曲也只剩下厌恶了。

每次练习都会占用学习时间,这与我通向仙台的目标背道而驰。学校这种强行侵占年轻人有限学习时间的做法无异于强盗行为。越是等待,时间这东西越是漫长,尽管指针在永不停歇地走动,对谁都公平公正。但是我依旧觉得很慢。

不管付出多少,要想成为动物饲养员,至少得取得大学或专科学校的毕业文凭。倒算一下到那一天的日子,数字让我觉得头晕目眩,我想我还是先做好高一该做的事吧。从告别"你"的那一天到第二年再见面的三百六十四天就这样度过了。过一天,我就用黑笔将日历上的日期涂黑。

我的行为让妈妈替我担心。

从去年冬天开始,我同时在车站前卡拉OK店打零工了。单是学习和驯鹿园的志愿活动已经无法让我满足。我打工赚钱,开始为上专科学校攒学费,感觉这样做会离"你"近一点。因为打工只限周三放学后,且基础工资一小时只有六百日元。每每打开存折,存折金额几无长进,具体数额少得可怜,就如晴空降冰雹般砸在我心上,疼痛冰冷。

随着年岁增长,我明白一点:不管你如何焦虑,都无法阻止时间的流逝。

"冈岛小姐,你好啊。"

当我一边哼着排行榜主打曲一边调制饮料时,店长凑了过来。他的口臭还是令人想吐——比起学校的合唱练习,这里要好过许多。总之这里是歌曲的海洋,就算是无聊的乐曲,也会让我忘掉那首《精彩的爱》,默默投入工作,努力得到老板的认可。

基础工资每月涨两日元每小时。周一、周二、周三全身心投入卡拉OK店的勤工俭学,周四、周五不带围巾,外出去图书馆。天越冷才越能让我忘掉合唱歌曲——我想努力用毅力去消除合唱的阴影。可是寒冷还是让我感受到了它的残酷,毅力这玩意儿根本就靠不住——在保暖上它连一根毛线的作用都抵不上。

图书馆非常安静,连笔记本翻页的声音都能听到,咳嗽一声更会引来白眼。在图书馆待着极不自在,可是这点拘束对我根本不算什么,或许可以说这种拘束正是我要的。硬板椅子也是考验。在暖气充足的图书馆内舒服自在地度过,一想到还被关在铁栅栏里的"你",我的这点事根本不算什么。

小学起我就开始泡图书馆,有关动物的书籍从A到Z逐一抽出,查阅自己感兴趣的内容。一句话,投入时间精力是我计划的第一步,因为当我想解决问题时,问题没完没了,根本没有尽头,不过,初二时我已经把图书馆里所有关于动物的书都翻阅完了,于是我请图书管理员姐姐一有新书到馆就通知我。不知我看的那些书对求职有多大的作用,总之凡是有关动物、医学和营养方面的每一本书，我都会翻阅学习。

周六、周日早上我在驯鹿公园做志愿者，下班后总是直接去见鸽子阿婆，和鸽子阿婆在一起的时间总是过得很快，就算我把满腹牢骚全部倒出来，她也不会讲一句亲切安慰的话，这反而让我很享受。

一到冬天，鸽群就一下子看不到了——会不会和熊一样进入冬眠状态了？当然我知道那不过是我的错觉，鸽子一年四季都会从不同方向汇集到阿婆这里来。不管天有多冷，阿婆每天早晚总在相同的地点坚持投撒面包屑。

驯鹿们虽没有向我表示声援，但一个个温顺、安静，通过行动默默地给我支持，不愧是能够驮起体格壮硕的圣诞老人周游世界的神鹿。面对满腹牢骚的我，它们毫无怨言，只是顺从地配合我的工作。园长这个"圣诞老人"虽然经常有点另类，但人很不错，他本来的名字叫三太，日语发言是 Santa，与圣诞老人的日语发音完全相同。

这么说来他还真不是假冒的"圣诞老人"。

"这可真是太巧了啊！"

知道园长的名字后我很惊奇。他却回答道：因为我是圣诞老人，所以照顾驯鹿就显得理所当然了。看看他那威严的浓眉，让人以为他在耍酷。不过他刚才说的是真的。听说三太园长二十年前从俄罗斯买回五头驯鹿在这里喂养，如今驯鹿数量已增长了十倍以上，驯鹿园完全是他一手创建。虽然赚钱不多，却总见他满脸幸福，令人羡慕。

搬运牧草、清扫粪便是我在驯鹿园的主要工作。这两项工作都属重体力活。先说牧草搬运，这工作有点类似除雪，腰部的正确发力决定身体的平衡。再看清扫工作。这项工作在冬初、冬末时极为辛苦，因为这时的粪便无法冻结，遇到雪水稀释很难收拾——真希望鹿刚拉出来时我就可以拿着桶罩在它的屁股上，这样就省事多了……我一边胡思乱想，一边马不停蹄地在雪地上奔走，不知不觉还真把自己的脚印看成动物的蹄印了。驯鹿的蹄子之所以宽大，据说就是与雪地行走鞋套的功能一样，不让腿陷入雪中。这是生物进化的结果，令人不可思议。不知道我的脚是否也能进化长大，我问身旁的驯鹿，它们一个个默不作声。

我听不到它们的声音。不过听不到也好，反正我来这里的目的并不是和驯鹿交朋友。

一下电车，我便感觉到寒风凛冽。皮肤刺痛，我赶快拿出手套戴上，老旧的站台完全颠覆都市的印象，可是每次我来这里，都会为这里的人多感到震惊。札幌好像是日本的第五大都市，仔细看，地下街的宽敞、热闹，都超过仙台许多，可是却让人感觉不到大都市的气息。估计还是因为地处北海道的缘故吧。

"难道不是这层原因吗？"我脚下踩着雪，抬起头，自言自语道。

因为眼前的雪和俱知安的一样白。

仙台或许也降雪了吧，不过，那里下的雪和这里的一样白吗?

"你"盼望下雪吗?抑或是"你"更偏爱不冷的气候,还是和"你"出生地相同的寒冷程度比较合适?

我想知道的东西有很多。

天冷了"你"乏困吗?一直冬眠,"你"饿吗?有足够的食物吗?这样想下去,心中的问题没完没了。疑问和担心交织在一起占据我的思绪,就像下过一夜大雪后的第二天那样——除雪,根本应付不过来。

我忽然发现一个令人莞尔的小熊标牌,上面写着"日本动物世界专门学校"。女高中生陆续进入楼里,身后的自动门很快闭合。

"欢迎来到开放校园!"我听见了女副校长的声音。

什么开放校园,完全是噱头。

装嫩的成年人、柔和色调的教室,作为榜样的可爱学长……一切全是噱头。在这位自命不凡,一直保持怪异微笑的副校长的陪同下,大家参观了实习室和移动教室,这些现代化的东西让我惊诧,怀疑这里是否真的是学校。唯一令我放心的是营养学的教材——那东西相当厚重。周围的女生皱起了眉头,我却为教材里面写满密密麻麻的文字而感到放心。

我们从八层来到了二层。这里整层都是休息场所。

"接下来进入休息时间,请各位在此自用午餐。"不叫休息室而叫什么接待室。我一个人待在角落拿出便当盒,脸上却感觉火辣辣地发烫。周围的高中生和岩内的学生完全不同。他们头发有染色的，女生清一色都化过妆。男生居然穿着西装夹克，制服的颜色也是各式各样。而我居然发现裙子下没穿丝袜①的只有我一个人，无地自容的我左右一看，发现墙边胡乱放着一些时装杂志，可大多以成人为主。我怀疑在这样的地方能学到多少真正有关动物的学问。这时，我的视线停留在一个熟悉的名字上。

《听土的声音》——砂村贤朗

居然是砂村亲参写的书！浅黄色的封面封底很是漂亮，令人不由自主想伸手拿起来。我轻轻打开，封面内册有作者简介：

砂村贤朗，植物学家，北海道大学教授。
♂

风格恬淡，俨然一股砂村的气息。最后的那个男性标志就相当于他本人的签名。

"喂，你没读过吗？"

感觉自己听到似曾相识的一声，我马上回头——当然不会是砂村本人。他不可能在这里。

我已失去了平静，刚才是我的幻听。

我急忙合上便当盒，把它装进书包，钻进了电梯。

下午有一个在水族馆上班的往届毕业生的演讲，我清楚那对我毫无意义——上大学必须是四年，我只有放弃，在俱

---

① 传统日本社会认为，女子出席公开场合，倘若穿裙子，应配套丝袜，否则将被视为一种不文明的行为。

知安，能够走读的动物专门学校只有这一所。不管看不看得惯"开放"校园，我没有选择。

"把最喜欢做的事变成自己的工作！"

宣传彩页上印着副校长反复挂在嘴边的这句话。

能够做到这一点再好不过。可是把最喜欢做的事变成工作本身有那么重要吗？这世上更多的并不是能够做到这一点的人，他们又该怎么办呢？

比谁都崇尚追求这一点的砂村亲爹对此怎么看呢？

我像是被人驱赶一般跑着离开学校。札幌火车站楼内的书店比俱知安的大了差不多二十倍。书籍被分门别类地摆放，我很快找到了砂村的书。

没吃的盒饭一直装在书包里，上了电车后，我打开书，它的开头是这样的：

你听过土地的心声吗？

怎么会呢？没有人能做出肯定回答吧。我也没有，但我却感同身受，能够书写同样的情怀，我想鸽子阿婆也一定能够。在我和鸽子阿婆这里将自然变成：

"你听过鸽子的心声吗？"

"你听过棕熊的心声吗？"

我果真是砂村的女儿。

这样想着，书没有翻到第二页，车已经到达俱知安。我把车票递给检票员，在茫然中走向河滩。

"不知何故,感觉格格不入,整体上感觉很光鲜,疏离感也很强。"

开始抱怨后鸽子阿婆一边翻着砂村的书,一边说道。

"不是照样邂逅到这本书了吗?"

是啊,感觉光线部分的光源主要来自砂村亲爹这本书。

"雨子你希望从学校学到什么呢?"

鸽子阿婆声音很低——她的声音平时就不高,今天格外低沉。

"通往月之丘动物园的知识和资质。"

我的目的明确,去什么学校又有何妨?我心想。

"想学的东西在哪都能学,学不到的在哪都学不到。"她突然说出这么一句富有哲理的话,让我一惊。

"谢谢!"

这话说得太好了,我立刻致谢。

"鸽子阿婆,你好厉害呀!"

她叹一口气,因为寒冷,嘴边吐出一道白雾。

"你是说傻子我很厉害?"

鸽子阿婆哈哈哈大声笑了起来,拿砂村的书给我看。

差不多中间位置的一页出现了一行字——原来是书里某章节开头的一句话,许久没有笑容的我也跟着笑了起来。

想学的东西在哪都能学,学不到的东西在哪都学不到。

之后过了一周，我依然只读了最初的一章。

我不想放过他说的每一句话。每一个词语都被我入眼、咀嚼，直到落入腹腔。我不能囫囵吞枣，因此读得很慢，对于有疑问的地方我会附上肉眼看不到的便笺。今日从学校回来时我也只读了一页，觉得这种进度正好。

或许不愿承认，我其实真担心读完之后的空寂，有点舍不得早早读完。

另外还有一层原因，在我内心深处的某个角落——我期盼书中某个章节会写到我。

我怎么会有这种想法，真是欲壑难填啊。

洗完澡出来，头发上还留着热水的舒适感，我发现砂村的书放在餐桌上。妈妈正在厨房洗饭盒，应该是我忘了拿出来，妈妈取饭盒时发现了这本书吧。

"书是雨子买回来的?"妈妈的问话语气和平常没有不同，她在掩饰，仔细听还是能听出来一些不同，声音比平时稍高。

"嗯，是我买的。"

我若无其事地回答，这时只听厨房水龙头突然关了。我伸手拿过桌上的书，靠近妈妈，从冰箱里拿出赏雪大福饼，把饼放在书上打算出去。

"雨子，你稍等一下。"

不等我回答，妈妈已经坐在餐桌旁的椅子上了。

"这书雨子当然可以读，只是不要让你爸爸瞧见。"

妈妈嘴上说是我的自由，但语气里却有一种不可思议的强制感。

"我并没有想拿出来给你们看,妈妈你自己从我书包拿出来的,对吧?"

我随意躺倒在沙发上,故意打开书看,湿漉漉的头发直接枕在抱枕上也不理会。妈妈见状,生气地过来抢走我手中的书,叹一口气,一言不发地拿过去放到餐桌上。

"妈妈不想让我看对吧,不想让我看你直说就好了。"

妈妈仍不说话。

没有否定就一定是认可了我的观点。

我站起来打开窗帘手搭上窗户,那里冰凉冰凉的。

"嗯,不想让你读。"

映在窗户上的妈妈说道。

"知道了。"

我将赏雪大福饼随手一扔,只拿着那本书进了自己的房间。关上门,坐在床上立刻开读。说"知道了"只是照顾妈妈的心情并不算撒谎。我也没有答应她之后都会不再读。当我在赌气逻辑中翻页读书时,思想根本入不了大脑。砂村的脸旁边老是有一张妈妈的脸——比现在年轻许多,瘦许多。妈妈的眼睛看上去像是在哭,我只好马上合上那本书,躺倒在床上,把头埋进羽绒被,眼前漆黑一片,我听到自己的声音。

"为什么……为什么你们要分开?"

两人告诉我时,当时六岁的我就是这样问的,至今我都记得非常清楚。

"我们两人想法不同,只能分道扬镳了。"

砂村这么说着用吸管搅拌橙汁,然后吸得一干二净。至今我连他吸干果汁后空杯子的回音都记得一清二楚。

明明喝的是果汁，听着却像是什么别的东西。

说起来，那天既不在家，也不在附近常去的咖啡馆，而是选一个国道沿线混乱不堪的家庭餐厅来谈这个话题。这是第一层我无法理解的；妈妈抚养我，这是第二层无法理解的——

我的人生为什么就这样被他们私自确定了？

"就算分手，但我们是雨子爸妈的事实永远不变。"

妈妈笑着对我说的这番话，和爸爸不同，她什么也不喝，直接看着我笑。那时我还太小，稀里糊涂接受了妈妈的笑脸。没顾得上问自己的问题就点头答应了。感觉如果我不答应，就会有什么重要的东西要破碎一般。

后来，我意识到那不过是大人的谎言，因为我在电视剧中看到完全相同的场面和台词。美若天仙的演员在和自己的孩子告别时，说着完全相同的台词，我的人生也像这部电视剧一般肤浅沉沦，失去支撑点。妈妈那句台词的谎言属性被确定无疑。

"今后妈妈希望你把冈岛先生当成自己的爸爸。"

一年后，与当初选择的家庭餐厅完全相反，在一家高级西餐厅，当妈妈说这句话时，我意识到自己被她骗了。妈妈的穿着打扮也和分手时不同，胸针闪闪发光，华丽许多。依然是那张笑脸——我无法接受，看到站在妈妈身旁眼睛湿润的冈岛先生，我依然什么都说不出口。

玻璃杯掉下的水滴在垫纸上延伸。我终于明白不喝酒，只喝酸果汁的这个男人不是什么坏人。我讨厌自己的姓要变成冈岛。妈妈反复强调她与冈岛邂逅是半年前的事情，但当时我对她已经失望反感至极，可是我是从这个人的肚子里生出来的，我有什么办法呢。

"夫妻分手一般都有哪些原因呢？"

能这样不加掩饰提问的，恐怕仅限三太园长这样不靠谱的大人了。

"嗯？冈岛小姐的父母，两人感情出问题了吗？"

三太园长连这样的事也能直接问出来。

"不，早离婚了，十年前。"

"是吗？……"

三太一副平静的表情回应道："多是因为外遇。"

他的回答十分笼统。听罢，我紧接着问道："此外，还有什么原因呢？"

"比如说对孩子培养的观念不同之类的……"

脚下踩雪的咯吱声，我居然听出了回音。

"该不会是因为我才分手的吧？"

在河滩见到鸽子阿婆后，我自言自语道。

"不排除那种可能呀。"

鸽子阿婆直截了当。

鸽子阿婆的直截了当和三太有所不同。鸽子阿婆是为我好才不加掩饰、直截了当的。

"你和爸爸为何分手？"

能够有这样直接追问的勇气更多来自三太。三太的不靠谱和率真让我心情轻松不少。三太对我极其重要，是他让我意识到破绽百出的大人其实就是这个世界真实的样子。

"想法变了啊!"

妈妈并没有太紧张、太意外，或许因为有昨天那一幕铺垫吧。

"为什么，相互不再喜欢对方了吗？"

"不是。"

妈妈停住手看着我说。

"不是什么喜欢、讨厌的问题，是比这些更深层的想法的差异啊。"

"什么差异？"

"各种各样。"

"具体点说是哪些啊？"

妈妈不再回应，只听到面酱在锅里发出的咕嗞声，我关了烤箱的电源，不是因为千层面要烤煳，而是嫌那声音烦人。

"妈妈，我已经长大了，我并不会苛求大人一定要正派完美。"

锅底的咕嗞声听不到了，可我的心却开始发烫。

"你说话的口气很像那个人啊。"

妈妈的声音变得酸涩。我听出来这是她的心里话。虽然"那个人"的说法稍显冰冷，但算不上尖酸刻薄。

"最大分歧在你的教育上。"

我什么也没说，只等妈妈继续讲。

"你也知道他凡事都让雨子你自己思考，自己决定，我不想完全交由你自己决定，我要看着你，扶持着，培养你长大。"

父母分手的原因果然还是在我。

因为事先向三太打听过，我已有心理准备，妈妈的话并没有让我震惊、意外，不过，胸口开始渐渐难受，因为心里某个角落还是希望那不是事实。如今知晓这一层，说不清是痛苦还是其他什么感觉。

或许是我想太多了。

"所以不希望你读他的书，你的监护人是我。"

这样把话说绝的妈妈，眼神开始有点恐怖。这时我终于想起她声音干涩的感觉就像是驯鹿的角——夏季期间，鹿角被天鹅绒般的短毛覆盖着，妈妈的话正像这东西，既尖利又不失绵柔，柔中带刚。鹿角分出多条枝杈，其角尖大都朝向砂村，并非是我，这令我十分痛苦。

爸爸回来后，妈妈又还原到平时的表情，呼呼吹着气大口吃东西。我却是尝不到一丝千层面的味道。早知这样还不如当初把它再多加热一会儿，我刻意不朝爸爸那边看，把千层面胡乱咽下。

明白了。所以两人选择平时很少去的家庭餐厅，在那里宣布分手。以免让还要在这个家里继续成长下去的我留下痛苦记忆。一定是这个目的，那也是他们两人最后的善良，我只能这样向好的一面去理解。可是我在这间起居室，在这张餐桌上一直能记起当时砂村喝橙汁的声音。那种哐当哐当干枯的声音，既爽朗、冰冷……又空寂。

……热乎乎的米饭、千层面还有汉堡所有这些都不能再加热，回忆往昔，精彩绝伦的爱情，再来一遍……

天哪！在我心情最糟糕的时候，合唱比赛正式开始了。

我不得不硬着头皮去大声唱出上面的歌词，大家的歌声让我痛苦。没有人比我更加了解歌曲作者的心情，一开口便觉得眼窝发热。生我养我的两个人今生若能再次相爱……恐怕这辈子我也不敢有一星半点这样的想法。

在起居室一家三口共同用餐的记忆毫无防备地又一次浮现在我的脑海，我痛恨选这首歌曲的老师，气不打一处来，正当我努力平抑内心的愤怒时，突然听到一声："冈岛"——老师在叫我的名字，我一哆嗦，吓了一跳。

"不错，表情不错，大家都学学冈岛同学。"

大家的眼光"刷"地一齐看过来——

真是糟透了。

我觉得自己几乎没出声啊。头脑简单的指挥老师只因为见我眼圈发红，便认定我比别人卖力。说罢，还心满意足地抚摸着指挥棒。

"同学们听好了，练到这份儿上，接下来只是用尽全力地比拼了……"

在既可笑又平淡的鼓舞中，我们结束了最后一次练习，排队走向体育馆。全校数百名学生列队坐好后，舞台从一年级开始依次拉开合唱大幕。于是，每换一个班级，嘉宾席上的家长也跟着轮换。

妈妈什么时候会进场呢,爸爸也会来"观战"吗?我一直想往身后看,脚不停地做小动作,时间过得比想象中要快。

体育馆内非常闷热,加上舞台闪光灯一照,更是让人难以忍受。误把高温当热度的指挥举起了手中的指挥棒,从他手腕上的湿毛巾不难发现,他已经陶醉其中,同学们一齐挺身,打开双脚,像是被人操纵着一般,这让我有点窝火,但只能跟着指挥棒走,我几次打算冲出体育馆一走了之,可最终还是稳站在体育馆内的舞台上。

你无法逃出儿童动物园,我也不能逃离这个集体,可是

我发誓,从那天起,搭上性命也在所不惜。

歌词起头正吻合我的心情,这让我感到沮丧。

留下一片美好的记忆,可是……

体育馆里侧摆放的圆管圈椅上,妈妈正在"观战"。

那个时候,共赏一朵花,共赞美艳的我们俩,心与心已不再相印。

妈妈的身旁坐着的男人是砂村——不可能啊,怎么会是砂村?我看到的妈妈难道只是幻觉吗?

那段精彩绝伦的爱,多想再来一遍。

居然是小熊啊,是你在唱,我的眼睛盯着已无法看清的妈妈。

多想再来一遍,那段精彩绝伦的爱。

结果我们获得了银奖,在我们年级是第一。

同学们都哭了,老师眼睛泛红,夸赞大家。女生们相互拥抱,手里攥着手绢,就连一开始极不情愿的男生们也在哭泣,眼泪让教室的景象变得模糊。不幸中的万幸,沉浸在一片感动哭泣中的教室没人在意我的独自离开。

其实最想哭的人是我。

看了同学们的泪眼,那种冲动反倒退却了。

踏着那条雪道,我跑到卡拉OK店。离勤工俭学的钟点尚早,不过店里已经有很多客人了,店长表扬了我。我将学生服换成工作服,走在走廊上,觉得身体轻松不少。多亏房间传出的蹩脚歌声,逐渐冲淡了浸满全身的悲凉感。我想更多地听歌,更想唱歌,甚至想喊叫。脑海中我那一边清扫房间,一边手握麦克风的样子,连自己都吓了一跳。

回到家里,妈妈的情绪挺高,她在体育馆"观战"了,爸爸也放下手头的工作来参加了。

爸爸因此今天要加班到很晚。

"看到唱歌时雨子全身心投入的表情，我都哭了，你瞧，一提这茬又想哭，真烦人！"妈妈迅速用餐巾纸抹去眼角的泪水。

"今天妈妈精心为你特制了西式炖菜。"妈妈说着，我看了她一眼，觉得有这么个普普通通的母亲也挺好。

摆上桌子的饭菜比平常豪华，西式炖菜里的鸡肉像是高级比内地鸡①。我搞不清楚是甜味还是哪里不同——妈妈的料理整体偏甜。

用勺背挤压土豆时，妈妈过去把电视机的音量调大。

"今天中午过后，东京涩谷地铁站附近路面上发生一起凶杀事件。一男性卡车司机驾车撞向路人之后，拿出刀具捅向受伤者。据东京消防厅统计，共十三人受伤，其中五人死亡……据刚刚得到的消息，以上五人二女三男已经死亡，故意杀人者是一名二十三岁的男性，在作案现场附近被抓住，以现行犯被逮捕……"

原本食欲不振的我听罢完全没了食欲。电视里传来血腥的现场画面，警车救护车的灯光很刺眼。事件中犯人灭绝人性的残忍自不用说，现场多位目击者表现出来的某种兴奋劲儿更令人恐惧。

"太可怕了啊！"

妈妈边说边吃炖菜，并没有停下，这也令人恐惧。我想

---

① 日本比内地鸡和鹿儿岛的萨摩地鸡、名古屋的交趾鸡被称为日本"三大地鸡"。比内地鸡在日本江户时代是作为"贡品"的珍贵食材。

起小时候妈妈用电蚊拍杀灭苍蝇的情形。

"珍视生命，比一切都更重要。"讲这句话的是一位幼儿园老师。当这位老师使用灭蚊香时，我们问他："这个时候可以不珍视生命吗?"老师"扑哧"一声笑着说："这可是为了珍视你们的生命啊。"这老师的笑脸我至今还记得，长在他嘴角边的黑痣，记忆犹新。

"蚊子、苍蝇等另当别论。"

妈妈边说边挥舞手中的电蚊拍。电蚊拍的包装盒上醒目地写着"感电死"三个字。伴随一丝不祥的感觉，我开始关注新闻报道。虽然我不会把妈妈、幼儿园老师与这个罪犯混为一谈，然而假设我是蚊子、苍蝇，妈妈手中那个粉红色的拍子就和罪犯的卡车、刀子一样了。

后续报道传来，又有两人死亡。

人就这样简单地被杀，只需动动手指，扣动扳机，生命就消逝而去。

西式炖菜凉了。

电视画面弹出的字幕令人恐惧，多人失去性命，却只有一句简单的话便可传递消息，这本身就很可怕。妈妈的勺子和盘子摩擦碰撞发出冷漠的声音。读新闻的男播音员系着一条漂亮的天蓝色领带，这也让我觉得恐怖起来。

我闭上眼睛，声音消失。

将死之时，世界也是如此这般寂静吗?

妈妈一声短促紧张的"哎"让我睁开了双眼。

"雨子!"妈妈整个人僵在那里，沿着她的视线看过去，电视中是一张令人怀念的面孔。

"这不是那智吗?"妈妈在我之前叫了起来。那智君正在接受记者采访!

"吓死了!我以为他受害了。对吧,那是那智没错吧。太可怕了。太好了,他没事,谢天谢地,太恐怖了。他长大了。不过,以前的模样还在。"

在旁边一直说个不停的妈妈话真多,我不用回答,紧紧抓住遥控器不断提高音量。

"不知是因为恐惧,还是不知该如何是好,我什么也做不了。"

那智君在警察局前接受采访。

"抱歉,我知道得不多……"

他正在变声阶段,但我还是能听出来是他的声音,句末的沙哑和以前没变,即使在这样的时候,依然说话恭敬更是那智的招牌特征。脸形完全成人化,个子也显得挺拔。垂落到眉头之上蓬松的头发,依旧厚厚的眼镜,穿着橄榄色的外套,纽扣一直扣到脖子上。

采访已经换了别人,我依旧盯着电视看了许久,直到新闻换成其他话题,才终于有空喝水,一口气喝完之后,才发现嗓子一直干渴难耐。

泡在浴缸里感觉身体仍然无法暖热。人在警察局前才可能接受采访。那智君就在多人遇害的现场。被杀的人很可能就是那智。身上的鸡皮疙瘩像气泡一般往外冒。那智像苍蝇、蚊子一样可能遭遇灭顶,就因为某个人的随心所欲,一瞬间就会离开。打开电视，每天在某个角落总有人被杀。这仅仅是冰山一角。我对一方面清楚这样的事实、一方面却麻木不仁活着的自己感到难受、不屑。只有当认识的人有可能被杀时才感到恐怖，这样的自己难道不算愚蠢吗？尽管我都快把那智君给遗忘了。看见后才想起来，才感到害怕，对于这样的自己，我能不生气吗？说到底，那智君平安无事，太好了，放心了。可我有点不对劲了。

两年前同样，东北发生大地震那天，我只担心身在仙台的"你"。无以计数的人死去，恐惧、悲伤到了极点，当听到月之丘动物园没有遭遇大灾时我终于放下心来，彻底放心了。

一想起那时的情况，如今还打战。我只担心"你"，这种冷漠比什么都可怕。

把热水的温度提高，将头发打湿。挤洗发水的手用力多挤，长时间没剪的指甲异常尖利。洗发露泛起的泡沫已遮掩不住，就像清理堵住毛孔的废物一样，我下意识将自己的各种感情一起剥落。

在不眠之夜中，迎来晨曦，我在闹钟响起之前就下了床，打开被炉，把脚伸进去取暖，一边换好衣服，披上外套走出房间，妈妈还没起床。我掰了一半面包装进衣兜，这时听到有人上厕所，不想见妈妈，我疾步走向玄关，可是就在穿长筒靴之前，厕所门打开了。

"雨子，你这么早就走？"

出来的是爸爸。

"嗯，有项活动需提前准备。"

我撒了个小谎，爸爸亲切地笑了笑。

"雨子蛮拼啊。"

从鞋箱上拿下两个暖贴过来递给我。

"我有呢。"

"那就多拿两个去。"

爸爸过来将暖贴塞到我衣服口袋。

"我走了。"

没顾上向爸爸致谢，快速打开门，关门瞬间回头，门缝里看到的仍是爸爸的笑脸。

或许比平时稍暖的缘故，冰开始融化，地面溜光打滑。汽车也都小心翼翼地行走，我却毫不顾忌地猛跑起来，穿过站前奔向河滩，我身不由己地来到鸽子阿婆的地方。

通向河川有一条细窄的小道，脚踩出来的这条道路，是鸽子阿婆的杰作。走在这条道上，心里感谢着鸽子阿婆，爬上堤岸，景色一片空旷，鸽子阿婆不在。

风挺冷，下了堤岸一停下脚步，就感觉到寒气逼人。

一只鸽子飞了过来，落在全新的雪地上，一定是在寻找鸽子阿婆，是肚子饿了吧。我从口袋里拿出面包，又有几只鸽子飞了过来。

我后悔自己只带来一块面包，只好尽可能撕小一点抛向空中，鸽子一只接一只飞拢过来。安静的河滩响起鸽子翅膀扇动的声音。似乎看不到鸽子们的兴奋和喜悦，我自己或许是兴奋的，自己可能从鸽群得到些许力量。

"哎呀、哎呀、哎呀。"

寻声回头一看,一个穿得鼓鼓囊囊的老大爷站在堤岸上。应该是附近的人,感觉模样以前见过,我什么也没说,背对着他继续抛撒面包。

"停手、停手。你也会被抓走的。"

"哎?"

回头一看,老大爷张开的嘴歪得厉害。

"你不知道吗?昨天鸽子婆被抓走了。"

"哎?"

无声无息,我的什么东西崩塌了,像雪崩。

"被逮捕了,是逮捕,多次警告她不要再喂食就是不听,还动手打了前来制止的政府人员,那一拳太厉害、老重了啊!"

老大爷说着开始比画拳击的动作,什么情况?逮捕?重拳?我一时没回过神,顾不上回问老大爷,我跑着离开现场。大爷还在我身后说着什么,但已经听不清楚。左手上剩余的面包被撕碎,跑着离开的速度相当迅猛,一旦跌倒,会直接滚落而下。道路的对面,警察署的前面站着一名警察一动不动,没有车过来,闯红灯往马路对面跑,碰巧灯变绿了。警察瞪了我一眼,我没有惧怕,也没有时间惧怕。

"请问鸽子女士呢?"

进了警察署跑到一个类似接待室的地方,一个女警察过来向我确认:"你找鸽子女士?"

"就是……昨天,那个,逮逮,逮,不,就是被抓走的那个……"我的嘴因为紧张舌头转不过来了。

舌头无法利索表达,但似乎意思已经传递过去了。

"啊,就是喂养鸽子的那件事?"

"是、是、是的,她人在哪儿呢?"

"你和根元女士是什么关系?是她孙女?"

算什么关系呢?我无法回答,而且姓根元,连根元这姓氏我也是第一次知道。

"啊。"

女警察看向一旁,视线那一头有一个楼梯,一名年轻女警察下楼梯走过来,其身后就跟着鸽子阿婆。旁边是她儿子吧,一个五十左右的大叔陪着,我马上停止脚步,一直盯着三人看。

"真是给你们添麻烦了。"儿子模样的人走到门口时,深鞠了一躬。

"听好了,今后不准再喂食了啊。"警察一边开门一边对鸽子阿婆讲。

"为什么?"我跑过去向警察求证。警察转身看向我。

"为什么不能给鸽子群喂食?"我继续发问。

鸽子阿婆也看了我一眼。

"那个,你是他们的家人?"

警察过来问我,我没有回答。鸽子阿婆也不回答。旁边她的儿子一脸茫然。

"请回答,到底为什么不能喂食?"

我不顾一切再次发问。

"为什么呀?"

"不为什么,那样做只是添乱。"

"添乱?给谁添乱?添什么乱?"

"那里是公共场所,那样把鸽子吸引过去就会产生粪便之类。"

"公共场所属于谁的?只属于人类吗?河滩是人类的专属场地吗?"

警察不再回答,这时接待处的女警赶了过来。

"我说一句:保护市民的正常生活是我们的工作。"

"帮助饿肚子的鸽子有什么不对?动物就不能被帮助吗?人有困难时不是呼吁大家伸出援手吗?这难道有错误吗?动物就不应该帮助了吗?"

我如回到小学生时代一般,对那位警察怒目而视。

"还没有说够吗?"

一声低沉的声音,我知道来自鸽子阿婆,我还是停不下来。

"请告诉我,这都是为什么?换成人会怎样?只救助市民吗?换成狗、猫就不管了吗?说河滩是人类的地盘,这又是谁规定的啊?鸽子、狐狸、熊这些动物早在人居住之前不就在这些地方吗?"

"别说了!"鸽子阿婆想要堵住我的嘴,我更加恼火。

"喂,请你回答呀!"我打算逼向女警时,被旁边的警察挡住,她用力抓住我的右手腕,我用左手去推。

"住手!你会构成妨碍公务罪的!"

警察在威吓，我顾不了那么多，手腕疼痛难忍，我左右摇摆转动身体试图挣脱，这时鸽子阿婆也试图抓我的胳膊。

"为什么？"

我一推，她身体很轻，向后打了个趔趄，被她儿子扶住。

"母亲，没事吧？"

鸽子阿婆在我眼中变得弱不禁风，瘦骨嶙峋，单薄如纸。和站在河滩上的鸽子阿婆无法相比。河滩上的她要坚强得多！

我失去了抵抗的力气，任由警察摆布控制。

"你跟我过来一下。"

警察说着放开了我的手，我被带到了问讯室。我会被逮捕吗？我逐渐面如土色。回头看着鸽子阿婆那边，她只给我一个脊背。

"对不起！"

我猛然说了一声道歉，但鸽子阿婆并没有转过身来。

"回吧。"

说罢，鸽子阿婆和她儿子走出了警署。

把手机号码告诉警察后，爸爸火速赶了过来。

"希望爸爸来接我。"

警察按我的请求打了电话，爸爸一人来了。今天周日，爸爸在家休息。平时注意外表礼仪的他，居然穿着满是毛球的室内便服。女警把事情的经过陈述了一遍，其间爸爸一直保持沉默，没有看我，一直盯着地板。

"您女儿未成年,也无恶意,我们不想把事情闹大,可是,如果下次再犯同样的……"

爸爸及时鞠躬致歉,像是要堵住女警未说出的话。

"知道了,非常抱歉,回去之后我们会严肃批评教育她的。"爸爸的话毫无新意,我的内心深处却开始讨厌自己。爸爸的确满脸写着歉意,一心为我,全力维护我。这样越想越糊涂,不知该如何去做,只能一言不发地低头。

出问讯室和警察署时,爸爸不知低了多少次头,谢过多少次罪。我没有道歉,瞄一眼女警,她机警地躲过了我的视线。

停车场的车已经没有一丝暖意,坐进后排座位上,发现口中的气息仍是一缕白雾。爸爸没有说话,关上车门,坐到驾驶席上,却没有开走的意思,只是默默地看着前方。

为了打破这痛苦的静默,我问了句:"妈妈呢?"

"还没联系,今天是她们合唱小组聚会。"

爸爸淡淡的回答反而更令人害怕,面无表情,却不插钥匙,也不系安全带。

"怎么了?"

没有开暖气的车内感觉比外面还冷。我一边搓手一边试着问道。

"什么怎么了?"爸爸的声音依然平静。

"你不知道该说点什么吗?"

爸爸通过后视镜看了我一眼,眼圈微微泛红。

我低声自语说了声"对不起",爸爸叹了口气。

"不是给爸爸,下车去给警察道歉。"

"为什么?"

给爸爸道歉是发自内心真诚的,但感觉完全被忽视、被践踏。

"什么为什么,做了错事就应该道歉,有什么问题吗?"

"可问题是我没干坏事啊,她伸手过来抓我,我只是推开不让抓。"

我马上反驳,爸爸没说什么,是我的反击让他无话可说。

"我觉得给爸爸添麻烦了,但我没有说错、做错什么,到后来他们什么都回答不上来,便用手中的权力强行岔开话题,支支吾吾搪塞过去,爸爸你觉得呢?你知道为什么不能给鸽子喂食吗?"

"雨子!"

"为什么呀?为什么要抓鸽子阿婆?你告诉我啊!"

"够了,别闹了!"爸爸的声音不再平静。

"这种事你要说到什么时候啊!感觉你和小学时完全没有变化!"

我无言以对,是的,我的确什么也没有变。我认为那样没错,为什么要变。如今被爸爸全盘否定,我惊诧不已。

这种事——具体是什么事呢?

沮丧的话语脱口而出,我的双肩开始颤抖起来,但并不是因为寒冷,我已经分不清我的心是热的还是凉的,我已经感觉不到寒冷。

"鸽子之类想怎么样就怎么样,我只担心雨子的事情。"

看一眼窗外,只见一片白雪皑皑。

我已经不愿意再朝爸爸那边看。

"雨子想太多啦。"

眼泪将要流出,我下了车。我不会回警察署,打算步行走出院落,爸爸从后面追了上来。

"等一下。"

我不想等,脚步没停。迸起的雪粒钻进长筒靴。

"听我说,回答不上来的事,这世上多如牛毛。接下来,当你走向社会,像这样没有答案的问题会更多。你若一一怀疑、质问,你的人生将越来越辛苦、越来越艰辛。"

"知道了。"

停下脚步一张口,爸爸也原地站住。我回头盯着爸爸。

"我知道啦!"

说着又开始往前走,爸爸不再追过来。

到达驯鹿园时,已经过了两点。无故严重迟到,可三太先生的生气方式却很明朗。

冰点之下的驯鹿园,等候玩驯鹿雪橇项目的游客已经排了长队。凛冽的寒风中,一个个脸上红扑扑的,其中有小孩居然吃着冰激凌。看着这些意外的镜头,跟前忙后,倒是让我很快忘掉了刚才的不愉快——对警察的憎恶、对父亲不可名状的坏情绪……

"哎——呀……"雪橇出发前,三太老人在上面陪乘,扯长嗓子发出索兰节民谣中的叫喊声。游客似乎不大理会。轻轻一拉绳索，驯鹿莫罗索夫拉着雪橇缓慢前行。和童话中不同，现实版的莫罗索夫雪橇别说飞连跑也难得一见，不过雪橇上的孩子们依然兴奋不已，大人们也兴致颇高，一家人在欢笑声中拍摄录像，记录幸福一刻。看着这一张张幸福圆满的笑脸被记录下来，成为一家人美好的回忆，我不由得又一次难过伤怀。雪橇项目结束之后，要给驯鹿们喂食。在牧草之外，会多给作为中流砥柱的莫罗索夫一些萝卜缨子。一定是又累又饿，莫罗索夫前面大口大口贪婪吃料的同时，后面不失时机地排泄。

看着冒热气的粪便，我感叹它的生命力的旺盛。

小熊呀，你是否也像莫罗索夫一样安然活着，好好地吃，顺畅地排泄？

无意识一想到"你"，便觉得心里有些释然。

我脱下橡胶手套和军用棉手套，徒手抓起莫罗索夫刚排出的粪便挤压，让粪便从指缝之间外流，虽然又臭又脏，却很温暖。

体内一定温暖，活着就有温暖，无论粪便、气息、血和肉。

我又一次很想见"你"！

说到底，能理解我的心理和行为的只有"你"。

家我不能回，鸽子阿婆和她儿子在一起，我还是去看"你"吧！

可是想想后果，这时再擅自跑去仙台，爸爸一定会气炸了肺。灰溜溜回家吧。妈妈那头呢？妈妈又会怎样？

在闷闷不乐中一直工作到傍晚，去仙台的飞机已经来不及搭乘，去见"你"已不可能。这意味着我丧失了逃离现实的机会。

结束工作，走出驯鹿园。在等公共汽车时，路对面停着一辆公共汽车，我瞬间疾跑过去，确认终点方向，想干一件大事。除"你"之外，另有一人，他会救我。

无视信号灯，跑过马路，钻进开往札幌的公共汽车，径直走到最后一排。跌跌撞撞一屁股坐了上去，打开书包，翻开砂村的书，确认北海道大学教授的介绍文字。我想只要到了北海道大学，就一定能够见到他，思想随即泛起了波澜。

鸽子又算什么？小棕熊的命运又有何相关？现在的爸爸他讲过这些话，而且感觉是他的真心话。砂村老爹应该绝对不会说这样的话吧。就算人生充满痛苦，一直疑惑不断，也应该直面战斗，不应该逃避吧。想很快见到他，向他诉说。把自己无法承载的问题全部向他敞开。我今后要帮"你"的这个决定希望也能得到砂村的肯定。我怀着崇敬，如饥似渴地一头扎进砂村的书。

植物很高兴。产生这种念头的一瞬，我无比喜悦。

砂村的爱，对植物、对人类以外的东西所表现出的爱跃然纸上。

沉浸在砂村的世界里的我，在书还剩几页的时候，到达札幌车站了。在乘客纷纷下车的慌乱中，我坚持继续读书直

到最后。正要起身时,看到最合适如今的我的一句:

> 植物特别温暖,体内虽无血液流动,依然有温暖。这正是我现在工作的最大魅力。

我想到莫罗索夫的粪便,看来温热的东西不仅指冒着热气的,这也是"温暖"一词在日语中两种写法的差异所在(温かい与暖かい)。车内空调口吹出的风可以用"暖かい",有热度但却没有温暖。那么,我的手套呢?还有我的外套和长筒靴呢?

"脚下有冰,请小心,别滑倒。"司机给一位老人提醒。这让刚才还觉得空调风不热的我羞愧。这句提醒关爱不正包含着司机的温情吗?

下了车查看地图。北海道大学就在离车站挺近的地方。穿过已经有浓郁圣诞节气氛、热闹的车站大楼出来,高楼下特有的寒风比俱知安凛冽许多,把围巾一圈一圈全裹上去依然觉得抵挡不住。紧缩身体在大路上走了不到五分钟便到了学校大门。去办公室一问,才意识到今天是周日。不过,砂村应该在。虽然没有证据,却十分自信。我打听到他的研究室地址,这时感觉身上起了鸡皮疙瘩,每踩下一脚都会觉得胸口咕咚咕咚地跳。

大学占地广大,到他的研究室听说需要走十分钟左右,在见到他之前我想一定把他的著作读完,便打开书包,缓步前行。

轻轻地，雪花落在书上，不知何时飘起的雪花。

深吸一口气，凛冽的寒气荡气回肠，我不再寒冷。手套也没戴，感觉比刚才暖和多了。下雪不冷消雪冷，这是北方人的常识。

其实能感觉到雪温度的，挺奇怪，不只我一人。

"我们仰仗植物而生，因此没有理由不更加尊重他们。"

用人称代词的"他们"指代植物，证明砂村对植物的爱之深。可以想象他写下这句话时的背影，用力之猛，足以折断铅笔芯。

即便相同的植物，其实也像人一样拥有个性。

植物一般不存在对其他生物的危害属性。

希望大家不要只钟情于植物中的花。

一字一词，字里行间饱含砂村对植物的感情，不知何时我已经泪目。

对我而言，植物如同我的家人。

家人。当这词出现在我的眼帘时，我停止呼吸，鼻子的抽动也安静下来。

不，或许比家人更为重要。

停住的呼吸仍没有恢复。

再往后翻,一页白纸。这是最后一句,书就这样唐突结尾。既没有说明写下这句话的意图,也没有续文提示。我惊讶地张大嘴巴,不知该吸气还是该吐气了。

"好好活着!"——这是从家里离开那天早上,砂村留给我的临别赠言。他脸上既看不到喜悦,也见不到落寞,伸手摸了摸我的头。之后再也没有见过他。我不知他去了何方。

"不希望你读!"这时耳边响起了妈妈的声音。

"你的监护人是我。"

妈妈如此断然的理由,今天总算明白了。

毫不迟疑地下那样的结论,是为了我好。

战战兢兢吸气,只感觉呼吸更加困难。最后一页写着:

2003年。

"咔啦咔啦。"

橙汁中的冰在手中摇动,听上去声音干涩,那间家庭餐厅,那一年。我明白了。

砂村离家而去,妈妈和他分手,都因为这本书。不,准确地说是这本书的最后那一行。

"植物,相当于家人。不,比家人更重要。"

冷不丁打了个寒战,寒气突袭而来。

我已经没有去处,不想见砂村,家又回不去,鸽子阿婆也不再去河滩,也不可能去见你。

寒冷让我感觉到疼痛。冷风像刀子一样，吹在面颊上一阵阵刺痛。我只有蹲下蜷缩。这时感觉恶心想吐，体内水分大量流失，眼泪、鼻涕冻结。身体感觉逐渐消失，硬撑着没有倒下去，把手伸进口袋一摸，有东西在响，拽出来一看，暖贴。爸爸给我装进口袋的暖贴。

立刻打开，颤抖着用手揉搓。完全发热虽然要等一段时间，但这种微热对现在的我已经足够了，我摸着温热的暖贴，冰凉的心逐渐融化。

我开始在心里鄙视诅咒自己：雨子你真差劲！你到底想干什么？责怪妈妈、鄙视鸽子阿婆、冲撞警察、连句道歉的话都不说，还对父亲生气；见不上你来投靠砂村，发现自己被抛弃，又回头想爸爸的好。

抬头看天，雪变成雨了。

雨比雪更冷，冷得多，冰冷的水滴直接抢走体温。

说起来，即便"雪有温度"的话成立，但从没听过"雨有温度"的说法。

我已经陷入迷茫，不知道该如何是好。雨子这个名字和我没有半点缘分。

到了第二天早上，我跑向河滩，并没有去学校。和警察之间的不愉快，感觉就像遥远的过去，鸽子阿婆会依旧做我的忘年交吗？

昨日那样对她，可是我已经没有时间担心那些细节了。眼前的绿灯再不过，已经在闪烁了，马上就变成红灯。不，或许已经亮起红灯了。不抓紧时间跑过去，一切将毁于一旦。

半夜开始身体不断冰冷下去。看来爸爸一人的温暖不足以维持，一想到残酷的现实就浑身打战。

昨天，我拖着摇摇晃晃的步子走出了大学，无意识中跑进路边的电话亭，一边揉搓暖贴一边拨通家里的电话。

"雨子，你在哪儿呢？"

妈妈带着哭腔迫不及待地问道。冰冷的眼泪再次流了出来。

意识到时间已经过了九点，回俱知安只剩最后一趟班车，我决定不再哭泣！把砂村的书投进电车站的垃圾箱，到达俱知安，爸爸、妈妈在车站等候，我深深地向他俩鞠躬道歉："非常抱歉！"说罢，平视二人，他俩都慢慢点头。爸爸紧紧将我抱进怀里，哭了起来。没人问我去札幌干什么。一定是有意不提这茬。回到家里，妈妈准备好了火锅，三个碗全部倒扣着。爸爸肚子咕咕在叫，妈妈在一旁笑。我感受到前所未有的温暖，没有一丝虚情。可是，一回到房间，寒冷却不依不饶地追着我。有人在我耳旁轻声嘀咕："刚刚还蔑视你爸爸的，这有点太自私了吧。"

"你"独自蜷缩在冰冷的水泥台上。我向"你"喊话，"你"也不回答，连看都不看我一眼。明知是做梦，我依然非常狼狈。黑乎乎的东西过来摸我的脚，猛一蹬想挡开，结果手被抓住强拽进洞穴。

睁开眼，虚汗已经浸透睡衣，明明在被窝里，汗水却像要冻住一样,一片冰凉,我痛恨自己,虽然被爸爸妈妈的温暖救活。八年间一直挥之不去的负罪感如今开始膨胀,就像把暖贴的芯掏出来煮火锅一般,我的心变得漆黑一片,乱七八糟。

在绿灯闪烁中跑过马路。想稍稍喘口气,停住脚步观望广阔的田野。明明只能看见白雪皑皑,但自己心中的黑色雾霾却不消散,噩梦、负罪感一动不动地在我的胸腔筑巢生根。

爬上堤岸,鸽子阿婆出现了。正好是开始喂食的时间,大批鸽子飞拢过来,可是阿婆直愣愣站着,并没有喂面包。

我朝她叫了一声走了过去,鸽子阿婆回头看了我一眼,可是什么也没有说,又转过身去。

"不喂面包了吗?"

我从口袋里掏出面包递给她,鸽子阿婆接了过去,依然没有说话。

"喂,鸽子等着呢。"

鸽子阿婆忽然轻轻笑了,可是,不像正面积极的笑,没有撕面包,只是盯着鸽子看。

"我想知道他们为什么抓你。"

我尽量平静地问她。

"他们说违反条例了。"

"为什么?"

鸽子阿婆盯着河水方向,把面包装进自己口袋。

我不再淡定,根本无法相信鸽子阿婆会听警察所言。

"为什么？为什么鸽子不能被喂养照料？为什么蚊子苍蝇可以随便消灭？狗和猫又怎样？熊就可以被杀吗？为何我就不能问他们为什么？不可以质疑吗？不能和他们对抗吗？"

连同这些疑惑，我把那智君、父亲、母亲、砂村以及一直以来的焦虑、负罪感、矛盾、绝望一股脑儿全讲给了鸽子阿婆。

因为急切，几乎没有停歇，就像从雪山上滚落而下一般，一口气和盘托出。

"我就是不明白。"这算是我一吐衷肠的总结语。

鸽群在我讲完之后仍一动不动，眼巴巴看着我俩。

"人世间处处都是弄不明白的事啊。"

说罢，鸽子阿婆看我一眼。

"不过，只要搞明白一件事，哪怕就一件事也就也可以了。"

"就一件？"

"雨子，什么最重要这你总知道吧？"

我眼睛不眨地盯着鸽子。

"你忘了你以前说过的话了吗？"

当然不会，我急忙摇头，感受寒风拍打面颊。

"当你想真心拯救某个人时，就必须舍弃你重要的东西。"

"明白，这个我明白，可是……"

"你若明白，其他都不重要了，任他去吧。"

鸽子阿婆的话像雨一样冰凉。

"不可以对警察动粗对吧?"

她想说的我明白,警察署的一次训诫记录就算再小,也会让你离人生目标越来越远,可是……

"无论杀人、失去朋友、失去亲人的爱。"

明白了。鸽子阿婆是说为了救"你",只需围绕"你"来规划自己的人生。

明白了,可是……不过……

"我还不够强大。"这是我的心里话。

"那就让自己强大起来!"

阿婆立刻直截了当地说,说完转过身去背对着我。

"对我而言,雨子你的事并不重要。"

说这话时的表情,我无法知道。

但语气有力、无比炽热又极其冰凉。

"我最看重的是这群鸽子。"

我感觉听到了嗤嗤的笑声。或许只是鸽子的叫声。

阿婆从口袋里掏出我的面包,撕碎投放给鸽群。

空中飞舞的面包屑,像小雪粒一样闪耀着银光。

二〇一七年

取出邮箱里的信封,手却在发抖。

来自动物园的信,里面装着是否录用的通知。我的眼前如下雨前的乌云压顶一般,一片灰蒙蒙。

上次面试太失败了,一打开门,黑豹女人端坐在面前。而且经介绍,她就是园长。这对我震撼极大。就如日本的津轻海峡被一刀劈成两段一般,我不可能像摩西那样行走自如,只能傻愣愣地站在面前。

可是我看到一只小蚊子,园长任由蚊子吸血的场面,这让她像是被打了背光一样,一下子披上了光环。仿佛被黑豹咬在嘴中的羚羊一般,我任由她摆布,将心里话和盘托出,毫不迟疑地改变轨道,让列车碾碎路人。

我对应聘结果已不抱希望,只能另想办法。踩碎希望回到房间,打开抽屉,看到上幼儿园时用过的黄色剪刀,手指套进去,整理自己的思绪。

自打那次明白自己被亲生父亲抛弃的事实之后。我的内心深处便留下一道伤疤,就像用这把小剪刀把心咔嚓咔嚓剪成两半一样。

一个真实的我,对形形色色的事物都抱有疑惑,希望找到答案的我;把鸽子阿婆看得极为重要、面带微笑照料来回奔跑的驯鹿的我。

另一个是为达目的不择手段的我。不计较利益得失,不管理由。重要的东西只有一样,除此之外的事一律不投入感情。

和那智君分别之后,我调整过自己的心态,可是那样还是行不通,就如用手捏着改变一下形状,不解决问题,必须动用利刃彻底做大手术,彻底剪断。

这样改变之后的我,就是那个出入学校、卡拉OK店、驯鹿公园,上完高中之后又到专门学校度过两年时光的我。很幸运每天平稳度过,没有被札幌大都市唬倒,也没有为不紧不慢混日子的同学担忧,在动物世界学校拼命学习。虽然教师从不讲授教材之外的知识,不过我在学校养过三只猫,实习中接触过牛、猪等各种动物,从中学到不少。深切感受到作为动物,只是活着本身就是一件了不起的事。

上了专门学校之后,去驯鹿园做志愿者减为一周一次。三太曾答应聘用我作为正式勤工俭学者,但我拒绝了。真实的"我"觉得以不纯的动机领工资是失礼的;而另一个"我"则盘算着以志愿者的身份给人的感觉更卖力。

地方公务员考试、爱玩动物饲养管理士、博物馆研究员资格、普通汽车驾照,以上这些只要年满十八岁就能轻易考取。而勇士则需要全身都穿防护服，用资格证书的铠甲加固，左手还握着驯鹿锐利的尖角，这是独属于我的武器。能否打开月之丘动物园的大门我不清楚，该做的功课，我都做了。

从信封里抽出通知函，折了三折，白色的信纸竟让我心生惧怕，我感觉腰部肌肉在抽动，腿脚发软，像是站在高层楼顶上一般一屁股坐到地上，才发觉地板如此冰凉。

干吗这么胆怯呢？反正希望不大。自从上次面试之后，一直犯愁接下来的路应该怎么走、怎么做，总会有自己的一席之地吧。自己怎么会这么傻呢？这么想着展开通知函，三折信纸发出脆生生的响声。

字看不清楚，是因为眼中有泪？不清楚，无暇找什么原因。为了聚焦，朝窗外看了一眼，然后再回到信纸上。

行云流水般一行短文映入眼帘。

为了建设更好的动物园，我们需要你的加盟。

——月之丘动物园全体

纯白的信纸像染上琥珀色一般熠熠生辉！

毕业典礼一结束，第一个离开座位，把派对的邀请函塞进外套口袋。之所以接到邀请完全是另一个"我"的功劳。与那个背着同学朋友只顾暗地里一个人猛用功的我截然不同。随着年岁的增长，人际关系越来越复杂，另一个我便越活跃。

"两年以来，多谢老师培养，给您添麻烦了。"

给老师们说过答谢致辞之后，我便钻进了电梯，从热闹的一楼大厅逃脱出来，就算空间狭小一点，也能心情安稳不少。

"祝贺冈岛雨子同学顺利签约仙台月之丘动物园！"

一楼大厅墙上贴着我的名字，每次看到都想打喷嚏。以应届毕业生身份签约动物园就职的，好像我是建校以来第一个、特例中的特例。老师们所说的"大壮举"，所以我的名字比其他同学的大许多，让人挺难为情的。为了上宣传册还要接受采访，同班同学投来各种羡慕的眼光。变得洋洋自得恐怕是那个拥有优越感的雨子在作怪吧。有时也这么想，有缺陷也算雨子普通平凡的一面，随他去吧。

从公交车窗户看到的札幌街景，仿佛忙于育儿、疏于化妆的家庭主妇一般素雅，让我中意喜欢。随处可见的海和南国不同，并无粼粼波光，感觉在默默静观发生在我身上的一切。

"谢谢五年以来的关照，谢谢！"

只需要把刚才台词中的两年改成五年即可，但不知为什么还是觉得不好对三太开口。

不是因为他黑边眼镜后面的眼睛湿润，也不是因为要送给他在札幌车站购买的年轮蛋糕。

"小雨啊，如果动物园工作干着不顺心，随时欢迎你回来。"

三太用手绢擦完鼻涕，把不干净的手搭在我的肩上。

"我努力工作，争取不回来。"

说完就有点后悔，感觉玩笑有点太过随便。

"这个,送给你留个纪念。"说罢,三太拿出一个粗大的驯鹿角递给我。

"不,我不能要……"

"不用客气,拿着。"

我说的是真心话,可是对方不理会,认为我在客气,强拉过我的手去拿鹿角。手接触到鹿角的一瞬,身体的某处急速发热。当然,这不怨三太,原因可能是在驯鹿,不是可能,是绝对。

在此之前,我对驯鹿的照料,一直只是例行公事。我将自己的心一分为二之后,照料驯鹿就像擦拭卡拉OK包厢的地板一样平淡。默默地搬运牧草,捡拾粪便,这种工作没有赶走我的落寞。我不能这样下去,感觉为了"你"我在利用这些驯鹿,拿它们当跳板。

这时看见一头臀部肥大的驯鹿,我赶紧离开,有意背过身去踩雪。我拿着不知从哪个驯鹿头上锯下的大鹿角,从园内一步一步离开。仔细研究鹿角的形状,或许能够找出来是谁的,但我不想知道结果。眼不见心不烦。真知道了,我恐怕不会原谅自己的。

出了驯鹿园,我回头说了一句:"抱歉!"

我的行李大致如下:动物学的书和笔记本塞满三箱。压缩到最小量的衣服、毛巾之类两箱,文具等小件放到装鹿角那个最大的纸箱空隙。我把装满六箱的行李封好,贴上邮政宅便发送票单,堆放在玄关处,把房间的角角落落打扫干净。

双肩包里塞满近几天要穿的衣服,坐上了父亲的车。原本想坐电车,故意选择了上班的日子,但两人非要去送,父亲还请了带薪假。

到新千岁机场需要两个多小时。不想再提以前的事,一上车便早早睡了,装的。"多谢爸妈,学费我会勤工俭学一点点还的。"在安检门前向父母深鞠一躬,表达了发自内心的谢意。

"说过不用你还,打工赚的钱你自己花吧。"

爸爸也身体前倾,和我视线相对。这种场合的礼仪规范不是他的长项,也同时是他的可爱之处。

"从小就立志当一名饲养员,一直用功努力,今日终于圆梦,爸爸很佩服你,以你为荣。"

爸爸的爱大气而厚重,有点发烫,感觉自己的心被灼伤。

"祝贺你!"

妈妈说罢,掏出手绢压在眼角仰望天空,这似乎已成她的固定动作。机场开阔的楼梯,天井高如外面真正的天空,感觉真能看到天神。

我头一低,转身走向安检门。身后妈妈哭了,可能爸爸也哭了。感觉搞得像生死离别,好像这辈子再也见不到了似的。我这样想着,头也不回地走了。

登机后感觉时间一晃而过,飞机似乎根本不在意我的心思很快起飞了。若从云端边能看到海就好了,可这次位置不好,根本看不到。只能根据时间估摸着现在大致到什么位置了。对着小小的飞机窗户,我祈祷发誓:我一定要带着"你"度过这片天空。耳朵"噌"的一声感受到气压增大,飞机应该是进入了津轻海峡的潮风地带了。

新住所是两周前和妈妈一起选定的。一走进仙台站前的房地产公司,工作人员立刻向我们提供了候选。看了第一个房子就决定选它,店员也很吃惊,在妈妈的催促下,去现场看实地,除了自动门锁这一点不是很满意之外,其他都好。我认为自动门锁有种被囚禁的感觉,可是妈妈觉得安全。

"三层,厨房不错,采光也好,就这吧。"

结果就定了这间,现场去看似乎成了浪费时间。从房地产公司拿了钥匙坐地铁回家。和第一次来仙台时不一样的兴奋和紧张,又一次真切地缓缓涌上心头。

到达公寓乘电梯上三层,下电梯第三个门。打开303号房间,闻到消毒水的气味。打开窗户,马上飘进春天将至的香味。墙上壁纸看上去也像樱花的粉色。

这里就是我新的城堡,我人生的第二章将从这里开始。我并没有这样的豪迈感慨,这儿不过是我生活的场所,为达目的而必要的场所。现在的紧张既不是因为新居,也不是因为春天的气息。

只是因为"你"就在附近。

到动物园只需要五分钟。从家门口算也就八分钟,你就在十多分钟的地方,一直在那里等我。

虽然跑着走了,不过我觉得没必要跑着去。我的人生变了,"你"我相隔只需十三分钟。

当我再次抓住比肩膀低的栅栏，朝假山里面望去时，一眼便看到那熟悉的黑影。几年前，"你"的圈舍稍微得到改装。地面变成土质了，虽然和自然界有差异，但毕竟有草长出来了。应该比混凝土地面舒服不少吧。

"我终于来了！"

我一搭话，"你"踩着不起眼的杂草，马上露出脸来。

"你要救我离开这里吗？"

看来，这里待着还是不舒服。

"抱歉啊，现在还不行。"

我一如既往地道歉，认真地盯着"你"看。

"不过，同样是来了，但这次和以往完全不同。"

"有什么不同？"

"你"的眼睛不变，一直保持湿润。

"这次我能待在你身边了。很快就能，等我啊！"

说话声音很小，但在心里却是喊出来的。

"你"什么也没说。"你"和我想法不同。"你"是否并没有打算和我共处？一想到天经地义理所当然的这一点，我陷入自我厌恶。

"冈岛小姐。"

我听到叫声一回头，看到手拿竹扫帚，身穿红夹克的一人在打招呼。

"你已经来上班了？研修是下周才开始啊。"

突然间淡定给我打招呼的是园长，站在她面前，我一时不知说什么好。首先应该感谢她对我的认可，感谢录用我才对。虽然这么想，但一张嘴，冒出来的却是"为什么"三个字。心里想问的是：为什么决定录用我？想知道其中理由。

园长盯着"你"，眼皮却都不眨一下。

"我记得你。"

咯噔，我心里一怔，像突然被人拍打了一下那样。园长说的"你"，这里自然指"我"。

"你认为我忘了？你那次从这里跳下去的事，我到现在仍清晰地记得。"

巨浪压了过来。原来被园长记住了。她知道背后的故事。惊叹、焦虑、紧张这些情绪联手协力向心脏压迫而来。为了挡住这些情感，五脏六腑所有空隙都涌出疑问："为什么？就算那样又为什么？为什么还要录用我？"面对园长，连个像样的敬语也不会用了。面部也一定紧绷着。我又回到小学生状态了。

"因为你错了。"

"哎！"

若我长尾巴，一定早惊得跌落到地上了！

"因为你的爱情选择错误。"

对于她无法理解的回答我困惑了。园长黑豹似的眼在看我，虽然可怕，却能让我想起十分重要的某个东西。园长见我无言以对，便转过身去重新投入扫地。

唰、唰、唰、唰。

虽然这声音反复在耳边响起，但我却感觉自己早已吓丢了魂。

"清川继续负责鸵鸟,兼管非洲象。"

下面响起叽叽喳喳一阵吵嚷声。"清川,太好了!""祝贺你!""大提拔啊!"

听到大家的议论、祝贺声,叫清川的男人露出一脸谦逊的笑容。

进入四月份,迎来第一个团圆日。全体饲养人员集合到会议室,由副园长宣布担当轮替。有点类似小学俱乐部选择结果发布的紧张情形。每个人都有想接触负责的对象,也有舍不得分开的动物。总之,大家都有自己的愿望。

"智力较高的动物很少换管理员。清川君因为年轻才引起大家议论。"

旁边的莲见小声给我解释。莲见,小麦肤色的小美人,机灵的眼睛有点桃色虫的感觉。

开始上班一周。加工食饵、投放食饵、展示室及休息室的打扫、身体管理、日志与报告、接待游客等。我跟着莲见学了许多。今年的新人只有我一个,莲见几乎不离左右地对我进行指导。

动物的对待方法真可谓千差万别,相同种群也存在个体差异,需要饲养员随机应变,与照料驯鹿完全不同。我跟着莲见,仔细观察前辈的动作要领。当然也不是说全部都要模仿。必须记住的是前辈们如何在忙碌中熟练操作,如何减少浪费,如何高效工作,成为自己必须思考揣摩的重点。同时,对动物却不能减少浪费,这里存在矛盾。动物和人不同,和家畜、宠物也不同。看上去可爱的也许危险,危险的反而细腻,所有动物都有胆小的一面。

"啊,给人教东西还是轻松!"

我给河马寝室喷洒完消毒液,莲见发出感慨。

这句话让我感觉轻松的同时,可谓一语中的。她年纪轻轻却能当上河马的管理员,还被赋予传带新人工作的理由我似乎理解了。

"棕熊管理员是哪位?"

我随意这么一问,莲见不假思索地答道:

"超级有经验的老熊和峰姐二人的组合。自从我进园一直没有变过。"

老熊本名田村,因为神似熊,被大家起外号老熊。峰姐在女性管理员中资历最老。我进月之丘动物园,除了当上"你"的管理员之外别无奢望,一直为此奋斗拼搏而来,看来仍需努力。作为一个新人,我想要顺利当上"你"的管理员实属万难,不知需要多少次天翻地覆的大洗牌、大折腾,否则,当个副手的奢望也几乎等于零。一方面感觉绝望,另一方面又为自己能够成为月之丘动物园的成员之一而感到庆幸。机会总是会有的,不能白白把好运全用光。我准备接受任何园里分配给我的工作,静候安排结果。

"安本仍然负责北极熊和海豹,仍然监管企鹅,和以前一样。"

只因为出现了"熊"这个词语,我心里咯噔一紧。白板渐渐被填满,可是我的名字还不出现,"你"也不登台,挥之不去,太煎熬了!

"田村也不变,继续负责棕熊,兼管獾、鹿、狸、黄鼬,保持不变。"

"你"一登场,我身体一下子开始僵硬。负责人虽然没变,但还有副手人选,园长那句话一下子蹿了出来,是否是一种暗示。她说她记住我了。说不定,说不定她会成全我不顾一切向前冲的强烈愿望,我的思想开始骚动。我眼睛看向危坐前方的园长,手心捏了一大把汗。

"峰姐负责獾和鹿,辅助管理山猪和棕熊,和以前没有变化。"

宣布结束了。

明知道不可能,可是,当出局的结果摆在面前时,眼前一片漆黑。这种黑和"你"的毛发不是一个概念,是失望至极的晕眩,是受到打击的心灰意冷。原本抱有奢望就是自己要逞能的愚蠢之举,是人间七宗罪中最令人讨厌忌讳的贪婪罪,我中毒不轻。

"好啦,别气馁。无论人、动物,比起主动去爱,还是被爱更好。"

我的极度失落没有逃过莲见的眼睛。这么说,我想当"你"管理员的心思也暴露了。这可不妙,我马上伸腰坐直,摆出一副"你说什么呢"的茫然表情。

"比起你所爱的动物,往往分配的动物脾性相投,会更好相处。"莲见冲我一笑,让人感觉作为前辈十分值得信赖。

"植木、先田还有冈岛雨子负责儿童动物园。"

只有我一个人被叫全名,稍感唐突意外。动物的名字或负责人的副手的区别之类全没了,甚至连议论声也听不到了。看来新人进儿童动物园是惯例,不存在颠覆或者爆冷。

迅速翻看手边的资料,上面不无意外地罗列着动物的名字。山羊、绵羊、豚鼠、兔子、鸭子,最后是象龟。这些几乎已接近家畜和宠物了!我看了莲见一眼,像是一脸怨恨。

"祝贺你!虽然麻烦,但对你积累经验很有好处。"

说着啪啪地拍打我的肩膀,动作之轻快叫人目眩。

"公布完毕,有没有漏掉哪位?"

"那好,凡是换了负责动物的人员,从今日起尽快进入新的角色。"

副园长打算总结时,园长不声不响地站了起来。

"我说一句。"

全场瞬间安静了下来。

"负责的动物不同,人气有好有坏,但对我们饲养人员而言,没有任何优劣之别。"

周围空气开始紧张。园长的眼睛像黑豹,或许不只限我一个人这么认为。

"什么人气高、当红人、升职提拔这些词语希望大家统统抛却脑后,扔得一干二净。现在立刻就扔!"

园长说罢,转身走出了会场,应该没有穿高跟鞋,但我却幻听出来高跟鞋的脚步声。我不清楚什么原因,但明显园长生气了。

也难怪,我并不是因为新人才被分配到儿童动物园的。

莲见刚才也说了会很辛苦之类的话，其实没有哪个动物的管理是不辛苦的。

必须振作精神努力拼搏。我感觉自己拿资料的手上也吃着劲，有点小意外。振作精神？拼搏？为了什么呢？

我来这里并不是只想做名普通饲养员啊。我之前所有的拼搏努力只是为了"你"，其余都是做出来的表面文章。

两周之后，身体终于开始习惯。

八点半之前入园，换工装。从办公室的钥匙盒取钥匙，查看动物有无异常之后，按班召开早会。早会一结束，各自准备饲料放在外面，然后从围栏里放出动物。观察其食欲及其他各项指标，发现异常便报告给有经验的前辈，必要时找兽医问诊。在打扫围栏时，观察动物粪便也是一项重要工作。结束之后洒水用刷子清洗。消毒液每周喷洒两次，用尽全力喷洒在圈舍的角角落落。

九点动物园开门，游客陆续入园。儿童动物园位于园内入口附近，小孩子一进园就飞奔而来。这里的动物都比较温顺，可以触摸，因此更需要高度注意，尤其是男孩。小学生、初中生最难对付。最常见的就是给山羊喂纸吃。想骑乘象龟排第二。除此之外，挠绵羊屁股，给圆脸鸭子戴眼镜，男孩子总喜欢干些犯傻的恶作剧，一刻不敢疏忽大意。对于这些恶作剧我们既不能重罚，也不能影响孩子们的玩兴，只有提高警惕，不断提醒注意，非常劳神。

重体力劳动没有想象的那么苦，是因为我会用腰部发力。同事们对此颇为惊奇。当我告诉他们自己照看过五年驯鹿时，大家才明白原因，交口称赞：作为高中生就能坚持做志愿者实在太了不起了，令人佩服。这让我打心眼里感到高兴，真心感谢三太及所有驯鹿。

一般而言，周六、周日之外动物园比较清闲，但也有学生组团郊游集体参观学习。这时园内出现超常而短暂的混乱忙碌。儿童动物园算上我总共只有三人，因为周休两日，因此实质上当班差不多就两人。虽说动物性情温和，比较好对付，可是如果从工作对象的数量来看，每天我们都忙得晕头转向。豚鼠五十二只，要逐个仔细观察几乎不可能。可是植木和先田二人都非常认真，绝不放过一个异常情况。

到了十一点，进入"自由邂逅"时间，动物园的工作人员把围栏中活泼乱跳的豚鼠放出来，在周围放上小凳子。十分钟前孩子们就已经排好队在大声呼喊："你好！""你好！！"声音一浪高过一浪。

我们必须用更大的声音传达注意事项："接下来是与豚鼠宝宝的邂逅时间，请同学们一定要遵守以下五条规则。"

叫豚鼠宝宝是为了拉近与小朋友的关系。园内的动物几乎都有名字的。可是豚鼠数量太多，实在分不清楚。对动物，我尽可能避免直呼其名，我喜欢豚鼠宝宝这个称呼。

十一点准时打开栅栏，孩子们鱼贯而入，用手捧起豚鼠，狭小的空间里充满欢声笑语。黑、白、茶、米、灰色以及这五颜六色汇聚形成的图案花纹，就像清爽的直发到蓬松的鬈发，来自五湖四海世界各地的不同人种汇聚一堂一样，豚鼠宝宝带给人们满满的祥和气象，一边吱吱叫着缓缓跑动的可爱样子，让性格急躁的我也得到片刻闲适放松，心情平静下来。

这种时候，其他岗位的同事会过来增援。向前辈们学习，我也亲自演示、鼓励那些胆怯的孩子和豚鼠亲密接触。"瞧，多可爱的小豚鼠啊，不用怕，不会伤害小朋友的。"男孩子听我这么一讲，马上就能勇敢地伸出他们的小手，从豚鼠柔软的腹部下面一下子把它抱到胸前，就像包子抓到了大福饼，两个可爱瞬间叠加，然后坐在低矮的凳子上，抚摸豚鼠圆圆的小脊背。豚鼠也不胆怯，乖乖地趴在孩子腿上一动不动，任由小朋友爱抚。至于它们的心情到底是好是坏，这个恐怕无人知晓。

自由邂逅时间周内一天两次，周末一天三次。这是儿童动物园的一道风景。我们的工作当然不止这些。即便游客稀少，工作也堆积如山。有时做木工，有时造园，有时为普及推广动物知识做宣传海报。闭园日也有工作——整理动物文件档案。平时不只照看自己的动物就完事，只要有活动，大家都过去帮忙。活动中一旦有动物临时罢工，其他人就得救场顶上去。毕竟我们面对的是生物，很难完全按计划执行，随机应变是家常便饭。小孩也有动物的属性特征，要同时兼顾两边还是挺费神的，一刻也不敢掉以轻心。我累得每天晚上犯头疼病。

下班后精疲力竭，什么也不想干。我在超市买现成的饭菜，回家就泡澡放松。即使淋浴水凉也一定要洗澡，因为一天下来，全身尽是泥土。每次看着洗澡间排水口流淌的颜色，只有心里叹息。

我从冰箱取出麦茶，大口咕咚几口，然后拿一颗妈妈寄过来的梅干放入口中。在纸箱子做成的简易餐桌上草草填饱肚子。味道谈不上，但晚饭饭量明显增大。吃完饭碗也顾不上洗就扑倒到床上。出租房的简易床垫并不能像家里那般舒适柔软，能够完全吸纳我的身体。

多次想给鸽子阿婆写信，可是次次无疾而终，担心她怨我替她操闲心。

更担心她会说我身边不是有"你"在吗？

是的，正因为有"你"在，我才能挺过这繁重的劳动和孤单一人的寂寞。

寂寞？人为什么会寂寞？在狭小的阳台晒衣服时忽然想到这个问题。

明明"你"就在我身边，为什么还会寂寞？

一条褪了色的毛巾随风飘舞，一端完全自由，一端被夹子固定着。潮湿的绒毛哗啦一声碰到我的指甲。

一到午休我总是买便利店盒饭胡乱扒拉吃下，换上自己的衣服去见"你"。不靠近栅栏，在稍稍离开一点的长凳上坐下看书，尽量不让"你"发觉。

这地方在栗子树荫下，树叶疏密相宜，且通风不错，我非常中意。摆出一副在树荫下看书入神的样子。

下午下班后，为了学习，我经常到园内转着看，一手拿着笔记本，走走记记。当"你"被关进宿舍，不在栏杆边时，我依旧会放慢脚步，幻想着用左手与"你"握手，感觉"你"

的存在。顺便说一下我是左撇子，用左手握才习惯。

像这样来感受你在身边，或许这就是寂寞的根源。身在俱知安时，相距太远太远，很多年都只能苦苦忍耐。

不过，眼下仍要继续忍耐。正因为进到动物园了，也自然明白爱护动物、认真管理的严肃性。想从动物园将"你"救出去实在不是一件容易的事情。我甚至觉得儿时的无知更痛快、更好。如果过早知道这一切，对一个只有九岁的女孩而言一定早就死心放弃了。

每周有两天休息，一般洗衣服、购物之后，就伏案学习了。在附近购买的书桌虽然便宜，但颜色是非常漂亮的绿色，总给我一种暗示鼓励：我能。打开笔记本对工作中的记录进行整理总结。山羊讨厌人动它的屁股、绵羊的毛色会发生微妙变化等等之类。日记中没写的小事也会记录下来。写累了就在一张大大的画纸上描绘园内地图，展开想象。

想象带着"你"逃走的路线。想象"你"困在栅栏里打发时光的现实。将这些装进心里，晨曦一照便精神抖擞地穿上通红的T恤。

"小月，你是否喜欢雪之介？"

休园日，有闲暇比平时更仔细地给豚鼠投放食饵时，植木走过来问我，植木嘴里的"小雨啊"三个字听上去像"小月"，在欢迎会上被她叫"小月"时着实吓了一跳，现在已经习惯了，随她叫吧。

"对，喜欢熊。"

反正迟早还是会暴露的，我就如实回答。

"我们家孩子也特别喜欢。为什么熊这么招人喜欢呢？"

她这么一问，我心里一阵刺痛。

植木当饲养员十年了，五年前生了个男孩，休过产假之后又回来上班了。说什么事都能扯上自己的孩子。我觉得她更喜欢自己的孩子。

我小时候也一样，特别喜欢熊，说到这里马上闭嘴。我不想让人翻出小时候的事情，见我不作声，植木走过来看看我。

"小月为何喜欢熊？"

植木本是一个脸上写着明朗快活之人，可是她那细长的眼睛有时看上去像弓箭。

"又大又圆，浑身毛茸茸的——就这些吧。"

含糊应答，这是我将心分成两半之后掌握的技巧。听到这含糊的回答，一般人就不再细问了，没人像我这样一根筋不停追问为什么。

"嗯，说来熊还真有可爱之处。"

植木也不例外，含糊认可了。含糊万岁！我刚放松下来，又有一个同样把我叫"小月"的家伙。"小月属于恋父控？"

洒完水的先田说着走了进来。

"为什么这么说？"

"你不是喜欢大而毛茸茸的，这是恋父控女孩的典型。"

先田总是喜欢捉弄人。可是他也跟着植木一起把我讹叫成小月，借此拉近距离，而且把女子说成女孩来装嫩。

我爸爸虽然体格高大，但却不是毛茸茸。一想到父亲宽厚的脊背，仔细回味时，这人却变成砂村。这么说来，记不清楚了，好像砂村爹还真是体毛既多又长，记忆中他总是留着长长的胡子。

"不过，你应该非常喜欢你爸爸的吧？"

"不，没那回事。"

我不喜欢先田这种自以为是的口气，有点不高兴，不平静了。我伸手摸了一只无精打采的豚鼠的肚子，听到"吱"的一声，有点寂寞。

"嗨，这只豚鼠是不是有点不对劲？"

我一岔开话题，植木急忙走过来，先田也凑了过来。

"要不要带去兽医那里？"

植木摇摇头，没有吱声。

"老了，不是病。"先田发话了。

两位前辈已照看它们多年，每一只的情况大致都清楚。我不知道还要不要管，只能含糊地点了点头。

我在你附近一边发呆一边吃饭团，正当我替"你"担心时，老熊从栅栏外面开始向你的园舍洒水。今天和夏天一样，的确很热。在心里暗暗向老熊说了句"谢啦"，把饭团塞到嘴里走了过去，"好热啊！"老熊向我搭话。

"这熊仔，也怕热吧。"

我认为机会来了，想要再靠"你"近一点，就必须先和老熊套近乎。

"谁让它来自北海道呢。不是一般怕,应该很辛苦的。"

"熊叔,你怎么会被大家起这么个外号呢?"

我装作不知情,老熊用手指挤压软管口,让水势更强。

"可能因为我来自熊本的缘故吧。"

"哎,是吗?"回答很意外,我只能做出一般反应。

"可是,我是北海道出生,大家总不会叫我小北吧。"

老熊自然一笑,用水管的水画出一个漂亮的圆弧。这时候"你"慢腾腾地走过来享受飞沫。虽看不出舒服,但也没有任何不适。

"北海道啊,这么说你和雪之介是同乡啊!"

想想"你"来这里的前因后果老熊不可能不知道。感觉自己脊梁骨在冒汗,说不定他连我的情况都知道呢!

"熊叔,您是什么时候开始管理这头熊仔的?"

"已经是十二年前了,从这家伙刚来到现在。"

虽然如此,我翻越栅栏跳入动物园那天他正好轮休。

"当时我和园长搭档,她升园长了,而我原地踏步。"

说罢他哈哈大笑,而我笑不出来。当时的记忆复苏了。虽然没做计划设想,我认为机会来了。我打算直扑到老熊怀里。

"熊叔,为见雪之介这家伙,我曾经翻墙跳进园内。"

熊先生朝我看过来,表情慈祥,他个子不高,体格偏瘦,不过脸部不知哪里还是挺像熊的。

"跳进来了,就是从这里!"

我清楚地肯定道，声音响亮，盖过了管子喷水的声音。

"是吗？"

老熊不紧不急的反应把我前面的惊叹号擦掉了。

"能活下来真算幸运！"

老熊眼睛瞥了我一下，给池子里蓄水去了。

看来，还是知道内幕的。我无话可说了。

"你"一声不吭走到池子边，一直盯着冰凉的水看。

在动物园工作，能够听到全世界各地的声音。

来自热带猴子的对话欢快到让人感觉聒噪；鸟类馆在南国的暖风中常年鸟语花香；大象、雄狮的吼叫会震起大地的土香。它们的语言各不相同，解释权全在我们饲养人员。山羊、绵羊、鸭子的叫声简明易懂，全部属于我个人的臆想。一副看似快乐的表情或许正在犯愁，听起来刺耳的叫声抑或是在欢笑。高兴或痛苦，美味或难吃，或者有没有考虑过这些问题我们也不得而知，尽管我们每天陪伴它们左右。

厚厚的水泥墩上，印度犀牛毫不含糊地咚咚碰撞。偶尔也能听到这样的重低音，从附近走过，感觉地面都在震颤，人都站不稳。超乎想象的坚角、近乎铠甲的皮肤，简直像恐龙。让人怀疑是否穿越来到了侏罗纪。感觉平时温厚的眼睛这时充满血丝和杀气。有这种感觉的难道只有我一人吗？就算它们在撞着玩，但我们还是看不出来。

北极熊在外观像冰的水泥地上走来走去一直不停。一声不叫只顾着来回踱步，每次走到一端停步转身时身体打滑的憨态让人忍俊不禁，于心不忍。感觉它不走出一个华丽的转身绝不罢休似的。

"是啊，它们一定积压了太多的精神压力，通过这种简单的运动在努力排解。"

当我去问老熊时，他慢条斯理地这样解释。精神压力是个很好用的词语。查了下书籍，把原因归于精神压力的居多。那么，产生精神压力的根源变成问题的焦点。到了这一层，众说纷纭。而且动物之间，千差万别，无法用一个词语来概括。七彩鹦鹉的鸣叫，听起来像在哭。

鸟馆虽有高高的围墙，但不是监牢。既无鸟笼，也没有用绳绑住。可是，它们却不愿飞走，不打算使用它们各色各样的美丽羽毛。以鹦鹉的聪明，是否已经知道在馆外无法生存。当我正在这样胡思乱想时，这个，叫作什么"剪羽"——把它们的翅膀尖都剪掉，负责鸟馆的一名男性边搭话边走过来。

"鹦鹉不是不想飞，是飞不走。"

剪羽原来是不让鸟飞而为之啊。我从未想过，但这好像不算是虐待，翅膀尖既无神经也无血管，剪掉好像不会疼痛。

有不少家伙因为想飞而摔伤。

莲见一边吃着三明治一边说道，这已经是常识，人们将它们当宠物一样饲养。

"这么做既是为它们好，也是为了让游客高兴。"

植木对此深信不疑，我却总觉得无法完全信服。说为它们好，其实是以在动物园里饲养为前提的。我的焦虑又开始在心中涌动。

"不过这事毁誉参半，得一分为二来看。所以你此时的想法我可以理解。"

当我和植木讨论时，峰姐走了进来——这个容貌清秀的峰，果真率直干练、容易交流。

"峰姐说的'可以理解'是指？"我问。

"把关于我们对鹦鹉的作为讲出去，动物园自身的立场又在哪儿呢？我指的是这层意思。"

我想起了那双被随手丢掉的运动鞋，还有那浑身是血的七彩鹦鹉。

被剪掉羽翅无法飞翔的鹦鹉怎么想的呢？它们的感受应该和小熊一样吧。离开这里，回到你们的故乡，在更大的自由空间放飞驰骋。我想不管"你"、鹦鹉，还是印度犀牛、北极熊，园内所有一切动物，应该都有此愿望吧。

我想去问"你"，但是没有办法。

我在儿童动物园栅栏里的叹气声，像是被温暖舒适的羊毛吸走了似的，逐渐消散。日子在碌碌无为中度过。带着迷惑，被每天烦杂的工作追着赶着，陷入所有社会人共同掉进的模式圈子里。我开始厌倦这平凡的日子。这样过了好几个月，工作方面的操作技巧我已基本掌握。因为工作对象是生物，每天细节都在变化，今日掌握的处置办法明日未必能适用。此处的变化既是乐趣也是辛苦。不过基本思路只有一个，那便是珍爱动物的生命，维护客人的笑脸！

这口号听起来高大光鲜，可是把动物关在牢笼中加以珍爱，到底算什么呢。

每次有豚鼠死去，我都会想到这个问题。

豚鼠的平均寿命只有五年左右，我们总共有五十多只豚鼠，大约一个月就有一只会离开。可怕的是这种频率从来不变。这意味着我每一个月都要心疼难过一次。兽医每次都会认真解剖查看，但在"天寿"面前，我们能做的只有唉声叹气。死后它们全部被埋葬在公共墓地，虽然这件事需要三人合力完成，但是终究只是动物园的一件小事。

"好，工作啦工作啦！"

先田好像什么事没发生过一样走开了，我瞪了一眼这家伙的背影。

"化悲痛为力量。"话音刚落，植木过来朝我背上啪地拍了一巴掌，我回过神来，开始工作。我在日记本上记上死亡事实及死因——现有总数栏减一即可。这里不容夹杂个人情感，只有等回家后把想法发泄到笔记本上，画一幅死去豚鼠的简笔画，然后余下的部分不再写东西，直接翻到新的一页。

当然，死生相随，有死就有生。与死亡率相比，豚鼠的出生率更高，令人高兴。每次有新生命降生，所有饲养员都会感受到工作的价值，为之兴奋。

初来乍到的我，感觉自己一下身处生死轮回的正中间，有时候忽然会有醍醐灌顶似的顿悟。

越是充满生命光彩之时，就越不能忘记初心。

说起来我至今连"你"的圈舍都没进去过一次。我进园工作后，我们的距离一下子拉近了，但最后这几步却彻底受阻。如今的接近"你"的速度比象龟德川还慢。想知道德川的速度有多慢，去看看它所食用的卷心菜叶子上青虫的爬行速度就好了。不过更可怕的不是这种速度慢，而是逐渐对这种慢节奏习惯、适应，以至于近乎麻木的我。

俗话说得好：不怕慢，就怕站。

加之仙台的夏天比俱知安热得多，炎热的天气更让我焦躁。绵羊剪了毛依然辛苦，山羊们无精打采很少活动。

德川整天趴在水里。

我们人类只要多补充水分就行，可是让动物做到这一点却颇费脑筋。人都热得晕晕乎乎，想想北极熊、企鹅这些寒带动物，真是替它们叫苦啊。

"你"的日子也不好过。

一想到故乡羊蹄山的凉爽，我的胸口就会感觉到一丝丝刺痛。

闭园之后，热闹、热浪一并散去。可是人造假山在日落之后仍然散发着热量。迎着红彤彤的夕阳有点耀眼。我尽量侧身背对着夕阳散步，为了让眼睛轻松舒服一点，朝水边看去。一头河马躺在那里，莲见和兽医围在旁边，旁边还有一个男人的背影，我停住脚步。

"辛苦啦！"莲见一抬头向我挥挥手打招呼。旁边那个染了浅色头发的男性轻晃了晃转过身来——

天哪，这人居然是那智。

重逢这个词让我异常害羞,像是蜈蚣幼虫爬进鼻孔一般,奇痒无比,这极度的痒感直冲脑门。

居酒屋。

"太神了,如此偶然的重逢!这就是那个叫什么命运的安排?"

莲见已喝得烂醉,她的煽情有点太过,不过我却想一直待在这里。这是一家离动物园不远的酒馆。那智君就在我对面,令人难以置信。

我只有深深体味莲见所说的话。

那智君也和我一样。

"好久不见。"

除了这句隔着"围栏"的低声问候之外,那智他一直在对莲见讲话。与其说见到已长大成人的那智让人害羞,还不如说那智君见到已长成大姑娘的我更难为情。我不敢和他正眼相视,低头余光也不敢瞄了。真不知道儿时那天不怕地不怕的我上哪儿去了。当然完全如那时的疯癫也不适合,真是烦人呐。

思绪纷乱,我就着偏淡的青豆不断把乌龙茶一口一口灌进肠胃。

那智君在东京上大学,居然选了兽医专业,立志做一名兽医师,经过教授介绍到我们园兽医这里进行为期一周的研修。

"你们二人为何不说话,你们不是好朋友吗?"

我为莲见要了一杯水,她对那智也开始以伙伴的口气说话了。

"是好朋友。嗯,那个,什么来着……我说不好。"

那智依然以礼貌口气回应莲见。在进店后小一个钟头,我们终于吃完了凉拌菜。

感觉很漫长。

那智连盘子里的芝麻粒都熟练地捡起,和儿时一模一样。

"上厕所。"

莲见举手示意,我急忙过去扶她,"不用啦,不用啦。"她说着推开我,把我按回椅子。

只有我们两人了。

我不知道该如何是好,沉默令人局促。

"你好吗?"

不得已我打破沉默,马上又为自己的平淡的发问而后悔。啊,我什么时候沦落成儿时讨厌的俗气大人了啊!

岁月无情的叹息落入小碗。

"我好着呢。小雨呢?"

那智开始叫我小雨了。和儿时一样的声调,一样的节奏音量。我都变成这般模样了,他却什么也没有变。

"嗯……好。"

我只回答了一个字,那智就"扑哧"一声笑了。

"你没变。"

"真的吗?为什么这么认为?"

我不由身体前倾,有点害羞,可是却不愿再把身体收回来。

"你那标志性的,'为什么'又来了,一直不变啊!"

"哦……"

我傻傻地应了一声,只见那智眉飞色舞地说道:"应届毕业生能考上饲养员果然厉害啊,我应该向你学习。若有机会,我也想来这个动物园当兽医。"

我脸"唰"地通红,像是把桌子上的清酒一口闷了似的。没有办法遮挡掩饰,我抓起面前的烤鸡啃了起来。

"没想到小雨和我志向相同,走的是同道,而且比我早得多,真了不起!"

烤串签子扎了嘴,我心里嘀咕什么同道啊,饲养员和兽医差远了,想否定他,可是嘴里却没词。

口腔有铁的味道,也许扎出血了吧。

"不过,现在我不意外了,毕竟是小雨啊。想当初小学时我一直追逐你的影子……"

我有点意外。

为什么眼前这个人,竟然一边喝着芒果汁,却能毫不害羞地说出这样的话。这比宇宙起源更令我不可思议。带着这样的疑问,我终于能够梳理自己的感情了。怎么说呢,被那智君那样一说,高兴中掺杂着辛酸,还有那说不清楚的感觉一下子交织在心头。

我左手拿热毛巾,右手把莲见杯中的日本酒喝了。第一次喝清酒。哦,应该是第一次喝酒,人生头一次啊!

"你很能喝啊。"

"不,我还是喝不了。"

说罢我趁势站起来,跑进厕所,装出要去吐的样子从那智身边逃离。我掀起门帘,仅有的厕所蹲位空着。哎,莲见呢?我心里不安,返回餐桌,座位上只有趴着的那智君,不见莲见的影子,难不成她回去了?

在洗手间洗脸清醒,我瞅了瞅镜子里的自己,我的脸蛋、眼睛通红,但或许不是酒精的缘故。回到包间,不知接下来该如何是好。如果那智君提出什么,我不知如何回应,只剩我们俩,饭钱怎么结?AA制!莲见的谁出?或者干脆都由我来付?

我就这样想来想去,掩饰自己的不安。

在洗手间也不能滞留时间太长,更不想被那智误认为我在解大手。洗罢脸,我调整呼吸回到座位上。

"莲见不在厕所。"

"哎?"

"好像先回去了。"

确认她的包不在座席后,那智又一次轻轻一笑。

他为什么发笑?

我没有抛出我的专利问题。只是把筷子伸向还没尝一口的菜。

第二天全天睡眠不足,不是不足,前天晚上压根就没合眼。

我钻进被窝，可是怎么也睡不着。起来眼圈都发黑，大家问我怎么了？

真该化了妆再出门。

我一一如实回答"我没事"。真没撒谎，我身体的确没事。几个月锻炼下来，身体结实着呢。再说常年照料驯鹿锻炼的体魄、腰劲都没得说。可是我没有睡意，身体发轻，心也随之荡漾，我说不清楚，只是不觉得沉重。

"我离开之后，小雨你一路是怎么走过来的？"

昨晚的居酒屋剩下我们两人后，那智不经意地问道。

他指的是在我们家附近，我俩那个无言的告别之后。记忆被拉回，眼前浮现出那时候的那智，我的话匣子一下子被打开了——想当动物饲养员、鸽子阿婆、驯鹿园、动物世界学校、爸爸妈妈还有砂村爹——原本没想说他，可是一不留神还是说了，但是我把最关键的，和"你"之间的事有意避开了。

总之，我的讲述像长蛇一样颠三倒四，思路不清。

因为抽掉了主心骨，没有纲领，我的话对他或许缺少了吸引力。缺少根源与目的人生物语完全不符合我的人格。尽管这样，我们仍然能彻夜长谈一直到早班车发车的钟点，得益于那智没有提及那令人伤心的事件。

"为什么"这个词连同疑惑又一次泛上心头。

一旦他问及，我不说就无法继续。

那智不是不知道我立志当饲养员的契机，但却只字不提。他的善良既让我欢喜也让我难受，和当初的感觉、和第一次在保健室一样。也许我只是在原地打转转,这么多年没有任何长进,过去又过来,永远改不了。离开居酒屋,在公园的长凳上,那智给我讲述他的事。因父亲工作调动到了东京,一个和俱知安完全不同的新天地,语言、空气和人完全不同,人们甚至连走路的速度都不一样,这让他一时困惑不已。不过他没有焦躁,踏踏实实一步步去适应,过了两年,一家人又搬到了博多。那里气温和人的热度增高,感觉一年四季都会中暑一般热得头晕脑涨,这让他一直想回俱知安。

听到这里,我心中欢喜。跑去二十四小时便利店买了一板巧克力——二百八十日元那种贵的。从中间掰断,又是两边不一样大。在我犹豫给他哪块时,那智将我左手中那块小的拿了过去。

"要在博多,一定得提醒你赶快吃,慢了可就融化了啊。"

"嗯,在东京呢?"

"在东京也会提醒你尽快吃。不过东京不是怕融化,而是生活节奏快的缘故。"

那智君边说边慢慢将巧克力放进嘴里。

"嗯。"

我含糊回应后,那智问我:"那在俱知安呢?"

"在俱知安一定是这感觉——冬天将至,好好保存起来吧。"

我胡乱一猜,那智沉默了一阵,又开始说话:

"然后呢,到了中学三年级,父亲又一次调回东京。"

"太折腾人了。"那智小声抱怨。我从他的眼里看到了成人的沧桑和无奈,心里替他难过。

今天酷热,原本属于寒带的动物真心痛苦难熬。午休时间我还是去老地方长凳上拿出三明治,可是却没有食欲。

"辛苦啦!"循声过去,是那智君。

"昨晚几乎没睡,没事吗?"

那智坐在我身边拿出盒饭,喝了一口清凉的麦茶,然后递给我:"冰凉爽口,小雨也来一口?"

我吓一跳,站起身来。

"不要!"

我冰冷拒绝,那智不明所以。

估计他还停留在小学生那时候。

不知何故我的脸开始发烫,是我自作多情了。

不想让那智看到,我马上转过身去。

我站在栅栏前,"你"下到游泳池里了。还是扛不住这天气啊。"你"把头放在游泳池边,咕咚一声让庞大的身躯浸入水中。我触摸那黑色的栅栏,晒得发烫,心里一丝抽痛。想对"你"说抱歉,但因为那智在身边,只好作罢。在心里说了声"抱歉"自然"你"听不到。水面上漂着虫子死骸。分不清是栅栏烫了我的手,还是手暖热了栅栏。

必须改变,照这样下去不行!说不定那智也会帮我,帮助这个有事没事总会来到"你"圈舍附近的我。

"那智君,说说你为何想当兽医?"

这是我一直没问的关键问题，那智开始讲述。

"过去，我家附近有只猫，我非常喜欢，总是和它一起玩，可是有一天突然不见了踪影，也不知道是事故还是生病了。当了兽医我可以救助它们了。"

"为什么你想来动物园当兽医？"

"……不清楚。"

就这么简单，这一字一句像是要被天气融化一般，黏糊糊钻进我的耳膜。我沉默不语，只是盯着"你"看，等待着来自那智的提问。

小雨为什么想当饲养员呢？

如果那智这样问我，我就把真相告诉他。当着"你"的面，不掺一句假话，把我的目的为什么在这里工作和盘托出。

这一定是因为我想借他一臂之力。

不记得话说没说到那份上，因为那智一直没有问我。景色一下子打蔫了，感觉不是因为炙热的太阳。

接下来的一周，我俩出双入对，一起进出餐厅、逛公园、到咖啡馆。俨然过去一直就这样走过似的。

那智回东京那天正好是我的公休日，我以客人身份陪他在园里溜达。那智不断担心着花见——花见是莲见照看的一头雌性河马。这头河马不像是生病，但近来食欲下降，精神不振。

"生病还好，可以对症下药，最糟糕的是原因不明。"

莲见这么说，整天替它担心——她在居酒屋喝高，中途溜号也是都是因为花见。

"或许是什么精神压力导致，只是我们不清楚原因。"那智说话的对象是花见，不是莲见。可是，花见是本地生、本地长的动物，之前一直无忧无虑的，突然间从何处产生精神压力？我们一头雾水。看着它在水中游动的样子，似乎和平常没什么不同。

"嗨，你没事吧？"我们凑近向它打招呼。它自然没有反应。仔细看时我才发现它很美，眼睛是深海蓝，皮肤光滑细腻，感觉像涂了一层水膜似的。绝对称得上是河马中的大美女。

那智君的眼里写满想帮花见的愿望。

带"你"离开这里，那智君也许能帮助我。

能在这里与那智重逢也许是命运的安排。这想法很快被证明是不存在的，只是我的一厢情愿——我看到那智的学习笔记后才明白一切。

那智为当上一名兽医，不知道花费了多少心血。这个读遍动物学书籍的我在他的领域依然看到了许多无法理解的专业术语。就说笔记的记法，那智非常认真，和我完全不同。当饲养员的我，只要考试通过，取得资格证，即使忘掉一切也无妨。那智就不同了。感觉他笔记中的一笔一画都包含着一种信念。

助"你"离开这里就意味着犯罪。

我不能把那智卷进来。

事已至此，才意识到是在犯罪，我为之战栗。

那智回东京，我却选择在动物园门口送别，或许就是这个原因。

"我还会再来的。"

那智背起他鼓鼓囊囊的双肩包冲我一笑。"拜拜!"我轻轻挥挥手。感觉就像小学生说"明天见"一样。

等那智背影变小看不到时，我独自进园继续溜达，感觉景色与刚才有所不同。看到猴山上跳来跳去的红屁股，感觉自己的心在颤抖。我拿出手机一看没有任何来信，可是手却不断颤抖，仿佛一切都要融化了。

电话本上有父母、不动产公司、动物园、莲见、植木和先田以及前一阵刚加上去的那智的几个电话，手机也是经妈妈劝说才买的。我选择了折叠式手机——开机声清脆悦耳我超喜欢。在我的手机里，电话、短信几乎清一色来自妈妈。我感觉每月支付的几千日元通信费纯属浪费，心想过段时间解约停机了事。

进入眼镜蛇馆，屁股口袋开始振动——这次不是错觉，是那智的短信。

"谢谢多方关照，见到努力向上的小雨，我也干劲十足。"

和妈妈的不同，那智的短信特别简洁。

我输入"谢谢"二字后便停了下来，大拇指一阵疼痛。

我什么也没有努力，仅仅是装出努力的样子，实际上什么也没有做。为了"你"，我就连那智都准备利用，我是不值得感谢之人。这是心里话，但总不能就这样给他回信，我不知道该怎么办，又一次陷入愚蠢的烦恼中。无精打采，一屁股坐到长凳上。我甚至有点羡慕一天大部分时间都可以在睡眠中度过的眼镜蛇，呆呆地望着一动不动的它们，我的视线余光发现一抹鲜艳的黄色——一个小女孩在画纸上画了一条黄色的眼镜蛇。她的衣着是小学三四年级的模样，虽然幼小，但脸蛋可爱。

"真棒，好漂亮的颜色啊！"

我过去搭话，小女孩头也不抬，答道："嗯嗯，真正的蛇更漂亮！"

这孩子说话真特别。不过我完全能理解。她那双盯着眼镜蛇的眼睛居然闪过一丝寂寞。

"你一个人吗？妈妈或爸爸呢？"

"妈妈和新男朋友正在约会，借口说游览仙台。"

这回答令人意外，使我不由联想到过去的自己。

"是吗？你不孤单吗？"

我边看眼镜蛇边小声问她。

"不孤单。"

她轻快摇摆的长头发，发出萤火虫一般的光彩。

"只要待在这里我就不会觉得孤单。"

小女孩开始把画纸上的眼镜蛇涂成粉色。

刚才还认为这女孩像我，现在却发现完全不同。她的眼睛清澈透明，能够染成彩红色。

我如今不顾一切地工作，或许不是无用功，小女孩让我改变了想法，或许有一天，我也可以拿起画布，把"你"涂成彩虹的颜色。

"谢谢,我也要努力加油。"

以给小女孩说话的口气,我回复了那智的短信。

我不清楚他理解到什么程度,感觉他应该理解不了。

不过,理解不了也好。我要的是我的行动。

"谢谢!"

给不知姓名的少女致谢后我离开动物园。

希望那个孩子将来能幸福。

我眺望排成一排的住宅街。钢琴的音色、烤鱼的气味……夕阳照在新建的白墙上依然晃眼。这一家家看似理所当然播撒着幸福的人们比月亮离我还要遥远。

我今后的人生,注定和温暖的家庭无缘吧。

看到一辆小型卡车,我停住脚步。七福神①正围车而立。这情景与住宅街格格不入——好像是家石材店,屋子里面还有其他大大小小各样的石像。笑眯眯的福神旁边是面包超人②。啊,面包超人原来也是神灵,我产生了一种奇妙的感觉,石像面包超人那圆圆的脸颊自然不会被啃噬,但我感觉它会分一半甜香的豆馅给我。

挨到冬天,身心就逐渐轻松了起来。

---

① 日本神话中主持人间福德的七位神。一般指大黑天、惠比寿、毗沙门天、弁财天、福禄寿、寿老人、布袋和尚七神。

② 日本经典动画《面包超人》中的主人公。果酱爷爷制作的红豆面包,自称为"面包超人"。身体的构造不明,但面包超人仿佛像妖精般存在,他能穿着斗篷飞向天空,飞行限度也没有限制。

正在我这么想的时候——

"嗨,你最喜欢的蜂蜜来了。不要吗?不要我就不给你了!"

我用两轮拖车拉着大量干草路过时,听到老熊扯着嗓子在给"你"说话。他放下蜂蜜,把"你"向外诱导。"你"从门洞的暗处露头慢腾腾地出来,极不情愿地舔食蜂蜜。

"好样的!"

老熊放心一笑,打算进圈舍。我看不清"你"喜欢蜂蜜的样子。是不是身体不舒服?

"早上好!"我上去打个招呼。

"你"有气无力回应道:"……瞌睡啊……"

大清早的怎么会瞌睡呢?睡眠不足?精神压力?这样胡乱下结论有点轻率,我仔细观察,觉得你瘦了。我焦急地抓住栅栏,隔着寝舍的格子门,给在里面清扫的老熊说。

"熊叔,这家伙好像身体不对劲。"

"啊,没有没有,只是欠觉。"

不愧是熊老大。他的判断很准。

"哎,不过,好像瘦了,没事吗?"

"没事。按说该进入冬眠季节了。每年冬天一到,食欲下降,睡眠增多。"

"哦,冬眠。"我嘴里重复着这个词。

"我们园不给它冬眠啊,像刚才那样硬是用蜂蜜引它出洞。说到底,还是不太懂这家伙啊。"

老熊从栅栏那头笑着给我说。

"你"离开蜂蜜慢腾腾走向岩石背后。因为身体太重之故,我听到"你"脚掌与地面摩擦的声音。

冬眠。我忘记了这个重要的环节,不应该啊,每天满脑子只围着"你"转的我。因为每天和"你"见面,竟没有意识到"你"在冬季来到前会日渐消瘦。

午休时间我拜访了老熊,请教了不让它冬眠的理由。

其一,是物理条件不具备。要遮断园内热闹的声音,就必须为它建造一个隔音寝室。首先得安静,其次是黑暗,还需要安装空调温控设备。要满足这些条件,就得重新改建现在的居所——关键是钱的问题。

还有一个原因既简单又深刻:

"你想,我们让它冬眠,它睡过去了,动物园不就失去了意义,不是吗?"

和老熊本人也有瓜葛吧。他吃盒饭的筷子停住了。

午休结束了,我依然没有调整过来。就在我发愣期间,山羊开始吃园内地图了,我被先田训斥。

"你睡着了吗?"——我只有道歉认错。

犯困却不让睡觉,想想该有多么辛苦啊。我想帮"你",想早日将"你"从这里解救出去。虽这么想,可是俱知安如今已是严寒季节,没有充足进食的"你"就这样进入冬眠,还能再醒过来吗?

无论如何,我还是得做点什么。

园内每晚需要一人留守值班。因为我是新人,还没有排班。没有办法,我申请公休日前一天晚上值班,理由是为了进行夜间动物行为观察。我坚定有力地写下这个借口。

"你们这帮小家伙一直待在这里不辛苦吗?"一天,我对着乱作一团的豚鼠问道,没有回答,它们温顺的眼里也看不出丝毫疑惑。对它们而言,恐怕不存在"生存"这种概念。

随着黑暗的降临,豚鼠相继睡去,感觉十分可爱。我不由得拿起相机拍了照片。众多伙伴也分不清是家人还是朋友,一个接一个聚集在一起,看起来幸福地生活着。可是这种幸福不过是人类随意认定的画面——也一定会有以独处为幸福的动物吧。

豚鼠之后是山羊和绵羊,我花时间仔细观察寝室。

"晚安!"我一打招呼,兔子的肚子一鼓一缩,舒服地睡着了。其动作似乎表明它们或许喜欢"我"这个动物——我第一次这样想。

这只兔子也有一个好听的名字——豆助。不过除了和植木她们说话时才用,平时不太叫。

"德川,你喜欢夜晚?"德川比我长寿,只有它是特别的。德川的举止行为任何时候总能给人一种雷打不动的安心感。因此我总有许多话会讲给它听。

到了晚上零点,我轻轻走在黑暗的园内,目标是通用门——确认保安警备室有人值班就回到办公室。虽说守夜值班,据说一般没有人夜间巡园。因为拿着手电筒晃动会刺激动物,妨碍它们休息。所以一般只是待在办公室自由安排,以备发生意外。我进了办公室,狸和黄鼬的负责人藤泽当班,正在房间看漫画。我打过招呼,简单说了几句,便打开墙上的钥匙箱，手悄悄伸向写着棕熊的那把钥匙。

"看到什么异常了吗？"

藤泽这样问道，目光没有离开漫画。

"没有。没有什么异常，可以放心。"

我把钥匙放入口袋，含了一口不想喝的茶水走出了办公室。

进入睡眠的动物们或许做着翱翔太空的美梦，而夜行动物们却再次认清无法驰骋大自然的冷酷现实。

这都是我的臆想，不过我觉得夜晚的动物园充满悲凉。

园内危险动物中棕熊排在顶级猛兽行列。要见到"你"须通过五道门就是一个侧面印证。圈舍后面厚实的铁门上是一把圆筒锁，接下来是格子状的两道门，上面各挂一把大挂锁。里面比想象的要小，有一个小小的白炽灯把走廊照成橙色。走廊尽头是饲养员投放饲料的门。右侧一面是"你"的寝舍。寝舍也是铁格子门，两把挂锁。从格子缝定神一看，黑暗中你正睡得香——混凝土浇筑成的大约六张榻榻米大小的房间，地面上什么草也没铺。除了青菜残渣和装水的桶之外没有任何东西。在我眼中，这里就是个牢狱。你面部紧挨地面，随着呼吸肩部附近在动。和豚鼠、兔子们睡姿相同，睡相安稳。非要找不同，那就是作为观察者我的眼光完全不同。在我眼里，"你"独一无二，与众不同，没有任何东西可比。

铁格子很粗，非常结实，阻隔里外。饲养员进入寝舍时，一定要先将"你"赶进饲料投放场地，通过远程操作锁好中间隔断门。进饲料投放场时需将"你"赶进寝舍,再从别的门进入。严禁人与"你"共处一个空间。照看"你"十二年的老熊也从来不敢越雷池一步,没有和"你"直接接触过。

可是,我毫不迟疑,钥匙插入挂锁,缓缓打开双道门,手搭在铁格子上。

就算"你"醒来,也不会攻击我吧。如果"你"攻击我,说明"你"记恨着我,真要那样,我也认了。

我将铁格子门向一旁一拉,轻松打开。如此简单轻松,让我有点意外、有点迟疑,抬脚进入。

"你"不动,不,脊背在动。按照一定节奏。吸入空气,然后吐出。反复循环。我放心下来,同时感到莫名的孤寂。

为了不吵醒熟睡的"你",我选择悄悄地、轻轻地,以至最轻柔的手法轻轻抚摸"你"的身体。

一根根毛发从我的手掌滑过,掌心发痒。"你"的毛发并不柔软,但结实而温和,似乎每根毛发尖都带有生命的坚强。

"你"没有醒来,我到了它的身边,它依然睡着。

巨大的手掌端部,拥有可以撕裂一切东西的坚硬爪牙。这蕴含着"你"的神圣尊严,也储存着"你"的豁达和善良。闭上眼睛,我接受这一切,一个也不想落下。我宁神静气,集中注意力,可是心脏的跳动仍出来捣乱,我的心脏不断发出声响。

"你终于来了。"

听到微弱的说话声,睁开眼一看,"你"起来了。

"你是来救我的吧?"

"你"的眼里放光。

"我可以出去了吧?"

我摇摇头。

"还不行。"

"还不行吗?"

"你"眨巴着眼睛问道。

"抱歉啊,还不行。"

我小声自言自语。"你"没有回话。

抱歉啊,现在还不能帮"你"。

"你"一直盯着我看,一动不动。

"抱歉啊。"

"你"瘦了,我却没发觉。

"抱歉啊。"

我只会说这句抱歉啊!

"抱歉啊。"

因为我,"你"的妈妈被杀。

我的眼泪落在"你"的臂弯。

抱歉啊。我待"你"冷淡。

抱歉啊。这样给"你"道歉只会让"你"烦恼。

抱歉啊……

想哭的应该是"你"才对啊。

"走吗?"

"你"问我,声音亲切,我动不了。

"走吧。"

"你"动了,站起来了。在我眼前站起来后"你"变成巨无霸。我腿发软。

"不,还不能走。"我竭尽全力地喊。

"为什么?"

"你"眼神黯淡了下去。

"现在是冬季,没有吃的,什么都没有。"

"可是,不走的话……"

"你"开始诉苦,眼睛深处的光泽明显和过去不同。

"不行,还得等等。"

"你"声音颤抖着站了起来,巨大的手掌抓住我的手。我的整个胳膊被吸入"你"的指缝里,我的身体悬空。"你"开始移步走动,我用尽全力想挣扎抱住"你",但不管用,连声音也喊不出。

出笼时,园舍门一下子打开。

园长站在面前。

园长脸色苍白,瞪着"你",不,应该是瞪着我。可我动不了,什么也做不了。我的胳膊快被扯掉。可是"你"却不松开,疼痛让我连声惨叫都发不出来。红色的东西涌出——是血。"你"的爪牙已扎入我的胳膊。"你"想就那样拖着我出去。可是园长阻挡在前。

"回去!"

园长发出狰狞的吼声。

可是"你"没有胆怯后退。拖着满身是血的我开始跑,用另一只手推开园长，园长胸前开裂，瘦小的身体重重地撞向墙壁，在血涌出的一瞬间，"你"跑了出来。带着我，在被染成赤黑色的暗黑中奔跑、吼叫、逃跑。寒风吹得我眼花，视线开始模糊。

死亡。

人生就此结束。就这么简单。被黑暗笼罩，被抛弃。当我全身肌肉收缩紧张的瞬间。感觉到一丝耀眼的亮光。

景色不动了，停住了。看胳膊，没有血。眼睛睁开了，但眼前一片漆黑。

是"你"的身体。我轻轻动了一下。

原来我靠在"你"背后的墙上做了个梦。

"你"站起来俯视着我，我的心又一次提到嗓子眼。我一下子跳起后退，逃出园舍。

"你"看了我一眼，走了过来。我马上关上门，用力过猛，声响很大。

"你"仍然靠近，站在格子门前看着我，一阵颤抖传遍全身，我的腿开始打哆嗦。

"为什么？""你"问我。

这时脚下响起了轰鸣，"你"曾听过的声音。"你"的对面出现一条铁道。火车头开了过来。眼前就是岔道杆，拉下它，打开门，"你"就能得救，可是。

"为什么要关上。"

"你"这样问我。"你"明明想从这里出去，"你"也一直认定我会帮你离开这里。

我不能拉下岔道杆。

火车头逼近，我一直站立不动，只能这样。

"为什么？"

声音变得清脆，火车头无力地消失。

一下子恢复平静。

抱歉啊——这个不知说过多少遍的词语，到了口边却说不出来。"你"终于转过身去，我才锁上了门。

铁栏杆阻隔的两个世界，"你"与我的世界，鸿沟之深令我错愕。

原因全在我。是我自己关上栅栏的。

我抛弃心里一直珍爱的"你"，走出园舍。

擦眼泪时，感受到了北海道的海风。

冰冷。

没想到我能如此早早回到俱知安。

那晚，我很快回到出租屋，感觉洗澡会冲走"你"的温度，有点伤心。但那终究不能和刚刚发生的事件相提并论，洗完澡我没有睡觉，直接收拾准备，坐头班车到仙台机场，我不再紧张，飞机起飞，颠簸也没有使我晕机，到达北海道之后我没有任何感慨。看到嘴里吐出的白雾，我身体本能收缩，心里却平静如水。

我不清楚占据心里的到底是后悔还是自责，甚至连这两个词原本是一回事也没意识到。坐电车时我只感到虚无。

回过神来时，我到了。

俱知安车站月台上,我穿过再熟悉不过的检票口。

听到鸽子慌乱的翅膀扇动声,我终于回过神来。

我看到鸽子阿婆的背影,我踩着薄薄的积雪急忙跑过去。

"你倒是挺快啊!"鸽子阿婆算是打招呼。既不吃惊,也无欢喜。像这样狼狈地逃回来,我担心会被她训斥。可是硬着头皮也得来。

"我该如何是好?"

想问的事情没有厘清,我只能含糊其词说这么一句。看到在老地方等我的鸽子阿婆,我差点又哭出来。

鸽子阿婆在这里等我仅此一点就令我感动。我紧咬一下嘴唇,慢慢说道:"我,从一直装在心里的小熊身边逃开了。"

鸽子阿婆什么也没说,也不听。只用目光告诉我"什么情况,说来听听"。这太过安静的回答,让一直堵在嗓子眼的东西一下子掉下来。从昨天夜里就积攒的心情,哗啦哗啦全滚落了下来。我说了许多,想说的其实就一个,唯一的一件事,却把我的心思搞得翻江倒海,乱作一团。

至今,一直只为帮"你"而活的我却在最后关头抛却了你。

我到底算什么啊?

拖拽、周旋、付出鲜血、误杀了园长……我几次三番想以梦中情形的荒谬为自己开脱,但还是办不到。梦境也是我创造出来的,我开始极端憎恶有那种潜意识的自己。

我竟然觉得"你"是可怕的!

这与枪杀"你"妈妈的大叔他们看法一致。与"你"妈妈被枪杀后欢天喜地的路人、街坊没有区别。

"是嘛。"

鸽子阿婆的回应声很小,几乎被风吹走。

说罢她从口袋拿出面包,分了一半给我。嘴里说道:"接住了。"

我拿到手中,感觉像肥皂泡一样轻飘飘的。

鸽子阿婆让我喂鸽子,可是我却将面包塞进自己口里。毫不迟疑,毫不讲究。干涩的舌头上,面包如雪一般入口即化,不用咀嚼,甜香味传遍全身。我就如生了翅膀一样飞上天空。飞到羊蹄山顶,我的身体变成粉末,落到羊蹄山顶上。

第二天也是假日,按说我应该在家住一晚上。但我最终没有回家,也不是不想见爸妈。

为了帮"你",无论如何都得撒谎。渐渐地我感觉已经开始习惯性撒谎,这太可怕了。我知道从现在起我不能再以"你"为挡箭牌,在能够避免的范围尽量减少撒谎。

进入小樽,我正在看海时,电话响了。我吓了一跳,一般只是妈妈,可当我打开手机屏幕时,发现是莲见的短信。

"花见死了!"我感觉她在向我呼救。

到达仙台是晚上十点。

我没有回家,直奔动物园。

不知该怎样回她的短信,想来想去拿不定主意。

河马园舍门开着,一进门,兽与水腥味弥漫其间。寝舍最里面,花见巨大的身体横倒着,莲见就躺在旁边,完全和昨天的我一个样。走过去，只能听到莲见细微的呼吸声，花见已无声无息。

"莲见，我来了，放心不下。"

莲见闻声慢慢起来。

"你更担心哪个'见'？"

我一时想不出如何回答，只好随口说道。

"当然是莲见。"

莲见看我一眼。昏暗的灯光下，她略显消瘦。这也难怪，七年前从莲见进园起就一直是花见的管理员。七年岁月的付出，日积月累的感情，我这个局外人是无法想象的。河马之死和豚鼠可不是一个量级。想到这里，我猛地一惊：同为生命，到底有何不同。也许是我的认知思维出了故障吧。

"不知这家伙一生可曾幸福？"

这时莲见小声喃喃自语，声音细弱且带有不安。同时却像刺猬身上尖锐的针一样，直逼我的心门。

我不知道啊，我怎么会知道呢。我没有讲出来。痛苦的是莲见，我若妄发议论，只能添乱。莲见给我发短信，现在又如此吐露心声，显然她现在很脆弱。她或许对饲养员这个工作，对动物园这个工作平台也产生了迷茫。

假如说花见此生不幸，莲见会做何反应？一定会辞去饲养员这个工作吧。

轻轻走到近旁，莲见抚摸花见的身体，皮肤既硬又软，不可思议。一个个大大的毛孔感觉能把人吸进去似的。花见在水中游动时姿态优美，可如今皮肤干瘪，一动不动。表明它已经开始失去水分,开始发干了。

突然,小学生时的一个记忆涌上脑海。应该是和"你"、那智人生邂逅之前的事。在学校后面,同学们背着老师照料喂养一只叫"小白"的流浪猫。一天,小白竟然死在道路边。应该是被汽车碾压致死的,它纯白的身体扁平扭曲,躺在血泊之中。

我立刻抱起它跑向学校。抢在一个高年级学生面前,在玄关胡乱脱了鞋,光脚跑进教室。于是,大家号叫着逃到窗户一侧

"干吗呢?抱个死猫!""恶心!""老师!""别过来!""离我远点!"

大家一起朝我叫嚷,摆出一张张无法忍受的厌恶的脸。

"啊!"闻声跑过来的老师也发出一声惊叫。

"咚"的一声,我的心像是被人用力重重一击一般——我第一次出现这种感觉。

我连人带猫被带到保健室,医生伤心地说:"已经死了!"不过让我放猫的地方是一片开运动会时铺在地面的蓝色塑料垫。

失去生命的东西为什么会让人们如此难以接受呢?

我原本想问,但放弃了。因为我看到保健老师带了两层塑胶手套,之后马上又反复搓洗,给我手上也喷了消毒液。

为什么觉得难受,我完全不明白,明明前一天大家都还那么呵护,那么喜欢它、抚摸它,给它喂面包。

一旦死去态度就一百八十度大转变?死了之后就令人生

厌？我不明白。

我和大家不同。蜘蛛、蚰蜒等这些大家害怕的虫子，死了之后我都不怕。首先它们不会动、不会咬人，最重要的是我觉得可怜。可是，大家为什么会嫌弃死了的小白，觉得它令人不快呢？

对此我百思不解。

之后一段时间，我被同学当成另类，嘴里喊着"雨菌来了！"然后躲开。我窝了一肚子火，暗暗发誓绝不轻易言败，谁喊我就揍他、踢他。慢慢地也就没人敢乱说了。我也在心里发誓，不与这帮人交朋友。

……为什么想到这些？

是因为见到死去的花见吗？不清楚，也不知道怎么回答莲见。

花见一生可曾幸福？

莲见发出的这一问，带着潮湿的气息紧紧地贴在我头盖骨的里侧。

如果不认为花见幸福，那为什么我们能继续在这儿工作？

"莲见，你自己怎么认为？你不认为花见曾经幸福吗？"这问题可能会伤害到莲见，明明知道，我还是问了。

如果不这样认为，莲见怎么会一直在这里呢？

莲见背过身去，她无法控制自己了吗？"如果动物在这里不幸福，那动物园为何存在？"这个问题我本来打算问鸽子阿婆，硬拖到现在了。这时从自己的胸腔跳了出来，来拷问这位相识不过几个月、现在刚失去自己最重要的花见、正伤心不已的前辈。

在我眼前仿佛出现了莲见、花见面对面相视而哭——因为我无情的问题而哭。

"不论从哪个角度去想,总是有不幸的家伙。熊想冬眠,可是人却不让。我看着也难过。"

我替棕熊抱怨,像是在为"你"辩解。

"说得也是啊!"莲见回应道,没有半点批评我的口气。而且声调平静,"花见是幸福的,我想这么认为,不,我认为。我一直这样认为。"

莲见的回答还是出乎我的意料。

"我不知道正确答案。不过,我喜欢这里。"

这回答只是感情层面的,从解决问题的角度没有多大意义。可是,我不想否定莲见,也不想否定她的想法。

希望我也像她那样。

地震造成的创伤在仙台①这地方根深蒂固,看着人们来这里难得一见的笑脸,我还是认定动物园是个很重要的地

---

① "3·11"日本地震(日语:东北地方太平洋冲地震、东日本大震灾,英语:The 2011 earthquake of the Pacific coast of Tōhoku)也称东日本大地震,指的是当地时间 2011 年 3 月 11 日 14:46:21(北京时间 13:46)发生在日本东北部太平洋海域(日本称此处为"三陆冲")的强烈地震。此次地震的震级达到 9.0 级,为历史上第五大地震。震中位于日本宫城县以东太平洋海域,距仙台约 130 千米,震源深度 20 千米。此次地震引发的巨大海啸对日本东北部的岩手县、宫城县、福岛县等地造成毁灭性破坏,并引发福岛第一核电站核泄漏。

方。虽然那是一个事实，但我尽量避免不去思考它。

"我觉得你的想法帅气。"我真心夸她，莲见淡淡一笑。

"谢谢。"

莲见的笑脸看上去十分可爱。尽管房间挺暗，尽管只有一个裸灯泡的不可靠的光。我从花见的脸上看到了幸福——这也是臆想，也许是幻想。不过，我但愿是那样，包括"你"在内。希望想出去的声音只是我的妄听，我同时也会希望"你"在园内一直幸福。若真是那样该多好，我在心底暗自盼望、祈祷。

"雪之介那边，"莲见小声问道，"那家伙来这儿的理由你知道吧？"

我什么也不能说。我知道，比这世界任何一个人都了解。见我没有回答，莲见继续说："听说它从北海道的山里跑到街道上了，正要被人处置的当口，被园长救了下来。当时她只是一个普通管理员，不过到处求爷爷告奶奶，动用一切人脉资源，使出浑身解数争取到了雪之介，不愧是园长啊。"

这个园长，令人无法相信却又值得信赖。黑豹般的眼睛浮现在我眼前。我无话可接。

我想动物园还是有存在必要的。

莲见又一次摸花见发干的皮肤。看着她纯净的眼神，我明白自己为什么想到小白的故事了。

我感觉不再孤单。

抱着死掉的小白跑进教室那天，如果莲见是我的同班同学,园长是老师,一定会一起抱着它去医务室的,会轻轻抚摸,一起为它哭泣,或许,她们根本不会戴上手套。我想不止我们俩。在这里工作的所有人,老熊、峰姐、植木,甚至先田一定也会做出支持我的举动。

能够在这样的环境中生存,或许就是幸福。

因为有这样的集体,大家都幸福地过着日子。

我不敢下结论,或许只能说有动物在幸福生活、能够幸福生活。

"你"被园长救下,不是我,是园长。

或许某一天"你"也会拥有幸福的。

这应该是花见愉快嬉戏时留下的吧……

看到墙壁上留下的花斑印记,我心不在焉地想。

二〇一九年

豚鼠纷纷跑向一个旧的透明管子,排成一列从管子中匍匐向前的样子着实可爱。钻过这长长的管子,前面就是它们的新家。这是我第一次动手为它们建造的。用的是便宜的自然原木,既环保又不失时尚。一个三角屋顶的四层建筑,没有柱子尽是窗户。对外完全开放,豚鼠似乎很是喜欢。

凭吊了死去的花见,见到莲见第二天一如既往来上班,我知道自己必须要做的事情了。

想要真心帮助某个人,就必须舍弃心中最珍贵的东西。

鸽子阿婆的话又一次掠过脑海。我决定抛弃"你",因为我可以放心地把"你"交代给我的同事了——这里全是我可以放心托付的同道之人。

当我提出来为豚鼠建新家时的想法后,植木马上表示赞成。一开始冷笑的先田,看到我的设计图之后也开始动心,表示愿意协助。

接触环境装饰这个概念是在上中学时的事。当时是在讲动物管理员如何缓解动物的精神压力、让它们过上幸福生活。单纯的我只觉得可笑，心想，若真心考虑动物的幸福，那就不该建动物园。如果一开始就说清楚，这不过是一种无可奈何的辅助补偿手段，那倒还可以理解。说到动物园的存在意义，一言以蔽之，无非是满足人类好奇心的把戏。相关工作人员可能会说为了物种保留，可是我并不认为保留物种这种事是人类的分内工作，应该交给上帝神灵去掌控、负责吧。

不过，回到现实。为了获批新屋建造许可，我和植木四处奔走，与先田夜夜反复推敲设计方案。为了降低材料成本，动用了许多人的关系资源，花费半年时间终于建成。看到众多游客在豚鼠新家前驻足，一脸满意、欢喜的神情，我开始怀疑以前的想法或许不对——最重要的是，似乎豚鼠玩得也很开心不是吗？游客满意、豚鼠开心，这改变了我内心的想法。这样又过了半年，豚鼠死亡的频率明显下降。这让我更加干劲十足，但同时也让我陷入另一个困惑。

自从当上动物管理员之后，感觉失去了过年的喜悦。年末虽有几天连续闭园休整期，但动物每天都得照料，一天也不可能间断。想休假的人自然增多，我主动承担了除夕和元旦的值班。不用回家过年，正好和"你"一起过一次岁暮年始。

"小雨，最近挺愉快啊！"

过了正月初三，正吃晚饭，冷不丁被那智这么一说，我心里不再平静。

那智去年春天转学编入宫城的一家国立大学了。虽然学校档次确实下降不少，但可以作为研修生跟我们园的兽医学习。

他很高兴这次转学。

那智就住在距我两分钟路程的一个公寓里。两分钟，一碗泡面的距离，也不存在约不约，要么在我这里，要么在他那里。

我们晚饭经常在一起吃。

愉快，我现在愉快吗？我默默思考。

"给豚鼠宝宝们建的新家大获成功，它们现在很愉快啊！"那智用叉子卷起意大利面。

"我想要一个森贝儿家族玩具①。"

"见到我之前吗？"

我常说一些出其不意的话，那智也不会怪我，总是顺着我的话，"幼儿园时，觉得松鼠家族可爱至极。好大的家，还有各式各样的家具，跟真的似的，还有餐具、食品之类。"

"嗯。"

"当时，身边的女孩都有森贝儿家族，所以生日时就向爸爸，当时还是砂村爹死乞白赖地要。他当时问我，为什么想要？"

"嗯。"

我也说不好为什么，要说森贝儿之外可爱的玩具有那么

---

① 以可爱小动物为形象制作的毛绒玩具。

多,为什么偏要那个?我回答不上来。于是砂村问我,"是不是看别人都有,所以也想要?"

他这么一说,我也觉得是这个理由,就"嗯"了一声。

"嗯,然后呢?"

"然后他就没有给我买。"

那智这次没有出声说嗯,只点了点头。

"所以,这次为豚鼠建造新家,对我而言就相当于我的森贝儿家族了。"

过了一会儿,那智君喝完蔬菜汤,满意地擦了擦嘴。

看来那不过是个幌子,严格讲不能再说那是为豚鼠宝宝而建的,我只是不想承认建造豚鼠新家让我从中获得莫大的喜悦。

"我并不认为想要大家都有的东西有什么不对。"

那智小声说道。

"如果否定欲望,那这世界只能越来越糟。"

也许是我自作多情,那智也开口讨论世界性的话题,一定是受我影响了吧。话说饭菜的确美味可口,却让我"满足"地连连叹气。我能做的料理只有炒荞麦面、COOKDO①的速食中国菜、只需切菜备菜的火锅之类,其他都不会。那智就不同了,什么蛋包饭、土豆炖肉,女人讨男人喜欢的王道豪华阵容他都会做。今天就做了沙丁鱼意大利面,而且和餐馆的别无二致。

---

① 日本速食食品大厂。

"你有那工夫,还不如学点什么多好!"

我这种完全不领情的态度一抛出去,那智便摆出成熟大人的神情回答道:

"偶尔放松调节有利于学习。再说了,用功学习哪比得上挥洒汗水辛苦劳作的人啊!"

他会用这种话轻易堵上我的嘴,真让我拿他没办法。我忙碌一天拖着疲惫的身体到家,他会热情招呼:"今天辛苦啦。"我真想过去拍他脑门——你以为你是天使啊!因此,我总是将自己的一身臭汗交给淋浴喷头,然后装作若无其事的样子和他相对而坐,双手合十,把所有感谢都加进开饭前的那句寒暄——"我开动啦!"

午休时间,我在远处看"你"表达谢意。想起那晚绝然关闭铁门的情形,为自己现在能待在"你"身旁,表达谢意。花见去世那天,离开河马馆后,我悄悄来到"你"的圈舍。一进去,"你"马上就醒了,平静地看我,既没有哭泣也没有生气。

"等着我,我一定会让你幸福的!"

把"你"从动物园弄出去是否一定就好,说真的我现在还搞不明白,但刚才我没有说谎。不知我的意图怎样才能传递给"你",搞不好"你"会以为我一直以来在欺骗它,但我现在只能答应"你"这一点。

于是,"你"长长地吐了一口气,像是告诉我"我等你"。

就说了这么一句。然而对我来说,是无可替代的心声,也是价值连城的诺言。

"等我啊。"

我再次呼吁。

"嗯。"

"你"应了一声,一骨碌站起来,咕咚咕咚开始大口喝桶里的水。没有其他特别表示,但"你"活着,顽强地活着。用大口喝水向我证明,让我放心。

"令人振奋的好消息!"

园长依然用冷峻的表情发布着令人振奋的好消息。

"仙台的姊妹城市雷恩市动物园,还有科特迪瓦共和国,决定各向我园赠送一头科比特河马!"

大家一直等到园长把话说完,才像打开香槟酒瓶一般发出一片欢呼叫好声。

"另外,借此机会,我决定新建河马馆舍。"

"市上的批复已经落实,今日起将进入建设准备期。"

花见死去后园长一直在周旋争取引入一头新河马,这我听说了。但要建新馆舍,科比特河马,而且还是两头,全是出乎意料的信息,全体员工都很兴奋。

"可是,大家先别高兴太早!"

就这短短一句话,让整个房间一下子鸦雀无声。我虽然一开始没有激动,但这时心里还是咯噔一下。我的位置正好能看清园长的脸,我很在意自己现在是何表情。

"众所周知,根据《华盛顿条约》,河马属于受保护的特别珍稀动物,其中科比特河马尤为稀缺。而我们一下子接受两头,相应就要承担它们的交配、繁殖重任,责任重大。"

这个道理大家都懂,没有人出现什么反应。

"新馆舍建设要彻底引入环境调节、行为展示新理念。"

"行为展示"这个词有点生疏,但我不能暴露在脸上,若无其事地环顾周围,感觉大家个个士气高涨,就像有转校生要进来之前班级的气氛一样。

"当然需要大量的资金投入。也因此,游客招揽若能倍增就能形成良性循环,进一步展开改善、改舍等改革。新馆预计明年之内开放,之后的游客接待数量需要翻倍。"

听了具体内容,大家表情渐渐恢复,将游客提高一倍谈何容易!真增加之后工作量加大,工作会变得何等辛苦,估计大家都能想象得到。

"为此,需要大家每一个人的力量。希望全体同人提振精神,继续努力。"

简单总结之后,园长鞠躬感谢。

我一边切菜,一边在头脑中整理有些费解的词语。

第一个"寄赠"即赠予、赠送、送礼的意思。无偿的吗?估计不会吧,那只是幌子。我们或许也等价寄赠什么给对方。如果是物品,应该和购买没什么两样。因为是动物,就只能交换,生命之间的交换。为此,就得交换和科比特河马价值相当的动物。这就意味着生命的分量是各不相同的。

"稀有动物"一词也有些问题。数量越少越贵重,这命题本身就有问题,而且地球人知道分量最重的生命一定是人。接下来是:交配、繁殖下一代。这些原本属于神灵掌管的事情,现在也要由人去干预,还美其名曰"为了下一代!"即为了孩子们的未来!河马、我们都要为了下一代而活?下一代孩子再为下一代而活?这种宿命一代接一代要持续到世界毁灭吗?想到这里,我不禁毛骨悚然。这正是所谓种的保存本能——为了物种不断绝我们每一个人努力活着。

我想行为展示是件大好事。首先我们儿童动物园的豚鼠就一直在做,这种项目应该推及至所有动物。不过我不喜欢展示这个词。大家或许认为动物展示这词没毛病。展示原意应该是把物品摆放出来给多人看,词典上这样写着。说成英语应该是 display。可是动物怎么成物品了?对动物的伤害就相当于器物损害罪,鲜活的生命怎么就变成器物了?

我想这个道理大家都明白。可是却没有任何人觉得有违和感,这让我纳闷。谁能发明创造一个新词来替换一下,就在这种期盼中我们变成大人,情况依旧没有变化。

"想什么呢?那么严肃。"

午休吃饭时,莲见过来聊天。

"科比特河马要来了,你高兴吗?"

答案自在心里,我还是问了。

"怎么,小雨不高兴吗?"

"不,怎么会呢!"

"你这家伙,还是怪怪的。"

莲见说着从我的饭盒夹走一块油炸小鱼。

想还是会想的。花见又不能死而复生，这次一定要让它们长寿，长途旅行它们吃得消吗？待在非洲是否更幸福一些等。莲见喜欢一边咀嚼食物，一边含糊不清地说话。或许为了遮掩不好意思吧，这是莲见的专利。

"不过，我们要让它们幸福——这条信念可是一定要贯彻到底的，不是吗？"

这句关东口音的"不是吗"是第一次在莲见这里听到。其韵律让我轻松舒缓。如果这家伙是有意加的，说明我的心思又被她看透了，真是的。

"还有，一下子拨那么多经费下来，太了不起了！应该是园长的夙愿。她虽然说了什么'别高兴得太早'之类，我觉得最高兴的还是她本人。"

说罢，莲见又夹了我一条炸鱼，这次放到了我的嘴里。我一下子笑了起来，她踩着轻盈的脚步走了。

冷风吹来，脸颊先知。

仙台的冬天比想象的要冷，真心为你高兴。

"这里的冬天怎么样？"我问"你"。

"现在是冬天吗？"

"你"居然这样回答我。没有讽刺只是单纯地求证，这令我心痛。看来还是和羊蹄山的风不能相提并论，一切都不一样。

"这就是冬天。"

看着脚下的青草，你觉得不可思议，可是也只能接受现实。

"这样啊。"

听到这无奈的回答,我的太阳穴慢慢收紧。我陷入无能为力的情感之中。仅仅为现在能和"你"这样对话感到一丝喜悦和欣慰。

这年冬天完全没有降雪,即使上空是雪,落到地上时已化为雨水。这雨水冷到极点,无人喜欢。

我一到儿童动物园,植木跑了过来。

"听说了吧,重磅新闻?"

植木看上去显年轻,可年龄完全是阿姨级的,获取谁和谁好上了、要离婚了之类的花边新闻她绝对是行家高手。我常想,她没去当记者真是屈才了。

"老熊,要辞职了!"

"哎?!"

我的声音比平时大许多。因为我以为今天也无非是些闲言碎语。看到一脸惊诧的我,植木嘻嘻一笑。看来想当"你"管理员的想法还是泄漏出去了。我先是一怔,可是现在也顾不上管这些了。

"不是很准确,可能是他爱人身体方面的原因。那个,老熊的爱人年龄比他大,以前就听说一直身体不佳。老熊人好,决定专心照料。他那人一看就是个模范丈夫。"

"噢,那样啊?"

我也不能扫她的兴,嫌弃她八卦、多管闲事。加上自己的心情还没整理清楚,只能含糊应答。

"老熊的事先放一边。太好了啊！小雨的机会来喽。"

下班后和莲见去说这事，她平静地拍拍我的肩膀。这种时候如果我像植木那样直白，那就是可悲，但内心深处还是无法否认自己的愿望。

"小雨一直想当雪之介的管理员，对吧？"

"对，想当。可是想想老熊的遭遇，怎么能说'太好了'之类的话……"

我有点语塞，莲见喝咖啡牛奶的咕嘟声倒很连贯。

"你听我说，你达成目的就意味着有人无法达成。"

这话感觉在哪儿听说过似的。看到咖啡牛奶的颜色，想起毛发蓬乱的鸽子。对了，是鸽子阿婆。感觉鸽子阿婆能讲得出这样的话。

"不要思虑过多，老熊是认为夫人更重要才辞职的。"

那智这么一说，我总算认可了。不过还是有点遗憾。对你那么精心的老熊，在他爱人和"你"之间还是选择舍弃"你"。若算上老熊的孩子，还有小孙子，"你"要排到第几位呢？想到这儿，我心里有点难过。不过，"你"在我这里绝对第一，我敢拍胸脯保证。可是在心里排过顺序之后，我忽然觉得自己是个没心没肺的家伙——尤其当我看见那智君的时候。

休园日的园内不再喧闹，感觉比平时要冷，也许是心理作用。豚鼠的动作比平时变得机敏也是这个原因吧。豚鼠攀爬缓坡斜管的动作吸引了"我"的视线，我停下手中的工作。昨日闭园后没有去"你"身边，因为怕见到老熊。今天要去一下。确认最后一只豚鼠出来之后，我迅速关好出口，拿小扫把清理房舍。这时听到咯噔咯噔的脚步声，让我马上就知道是谁了。

"干得挺愉快啊！"

说话间走过来在旁边观看豚鼠的园长让我联想到哪儿的贵妇人。她站在我的身边。

"这些小家伙若真正快乐就好了。"我停下来手头的活客气说道。

"你继续忙你的，我说你听，可以吗？"

警告马上就到！越是柔和的语气，反而越恐怖。我放下扫把，换了个刮刀，准备铲粘在地上的粪便。可是因为不能一心二用，动作生硬，显得笨手笨脚，我担心会不会又遭训斥。

"园里决定给你换个工作。"

感觉全身的血一下子集中到了大脑中枢。

"冈岛，你去担任棕熊的管理员。"

这么重要的大事她就这么简单地说了出来，轻描淡写。还说什么不要停手上的活，怎么可能啊。我勉强保持站立，没惊得一屁股坐在地上已算万幸了。

"田村退职，接任者是你，下周开始训练。"

我感觉身体站不稳，急忙用手扶墙，园长明明看在眼里，可是表情口气却依然不变。她知道这是我梦寐以求的岗位，可黑豹似的眼睛早已不再看我，视线落在豚鼠方向，表情里看不出一丝得意。

"为什么是我?"

问过之后,才意识到和刚来时的提问方式完全雷同。当时也是同样的心情,可是思想内容完全不同。

"老熊推荐的。"

园长说罢从寝舍里抱起一只豚鼠。

"对于雪之介,老熊比我懂得更多。"

园长的背和豚鼠的背在我眼中重叠。

我差点哭了。

"别停手啊,好好工作。"

园长没看我的脸,放下豚鼠,走了。之后一段时间,我一直站着发呆。

"为什么熊叔会推荐我?"

看到老熊拉两轮拖车的背影,我跑上去问他。老熊停下脚步回头看我。

"啊,是吗?已经定了你来接管雪之介吧。"

"是的,园长告诉我了,说是您推荐的我。"

"俺没推荐啊。"

老熊扑哧笑了一声又向前走。不明白他什么意思。我追上去。

"哎,不对啊。是园长亲口说的啊。"

"园长看起来那样,其实她是挺害羞内向的人啊。"

看到我一愣,老熊加快了步伐,我在后面看着他背影,听他小声说道:"当然,我也认为你来接替挺好的,不过……"

一连串发生的新情况太多，我需要冷静梳理——应该是园长亲自任命我的。我是不是该为此欢喜、庆幸？我觉得周围景色美得令人目眩。

　　我能当上"你"的管理员了？来得这么快？开心的感觉逐渐涌上心头。梦想终于变成现实了。当然，奇迹一旦发生，就不再叫奇迹了，节外生枝的疑问又一次涌上心头，周围栅栏在我眼中瞬间变成复杂的迷宫。

　　有关雪之介，老熊比我懂得更多。

　　这样一来，园长一直以来隐藏的一面或许就暴露了——但是，园长成全了我的愿望，让我当上了"你"的负责人，"你"的管理员！我想喊可是出不来声。不习惯高兴的我，感觉天旋地转。哎，地球真的在转啊。我在说什么呢？我脚下发软，开始摇晃。

　　"坐上来走吧。"

　　老熊用手拍拍两轮车示意我。

　　我摇摇头，接着鞠躬，说了声谢谢。

　　给老熊那沾满泥土的运动鞋致谢之后，我再一次跑了起来。上坡也像下坡一样，只觉得腿变得异常轻松。一个想法完全能够改变一个世界，我想奇迹还是存在的啊。

　　想马上见到"你"。

　　黑色栅栏就在路对面，"你"园舍的假山也出现了。

　　什么东西猛地一抽，痛苦异常，我马上停下脚步。肚子？胸口？不清楚。瞬间性的，身体里头有着说病情的疑惑蠕虫在蠕动着。

看到"你"的身影了,它懒洋洋地伏在草地上。

"听我说,我,下月开始,就能在你身边了。"我冲着"你"大喊。

我走到跟前,"你"转过来看看我。

"真的?"

"真的!很快能来,等我哦!"

"那么我马上就能出去吗?"

听了这话,我一下子回到现实。

"你"并不是在等我,只是等我从这里把它放出去。

这顺理成章的事实让我愕然。我无法接受"你"的请求,拖着疲惫的步伐原路返回儿童馆。拿起水管打算洒水,我忽然意识到,豚鼠园舍已经清扫过了。

一滴水从管头掉了下来。

不单豚鼠,还有山羊、绵羊、鸭子、兔子、德川象龟呢。

我第一次发现,一旦要去找"你",我就要和所有这些憨憨的家伙告别。

我明白刚才身体猛然抽痛的原因了。

上次和"你"分手的画面,又以现实的方式向我眼前迫近。

"像小雨这样能够分到自己希望的动物真是太完美了。好羡慕你啊,把我也带过去吧。"这是来自植木的祝贺,真诚中夹着些许揶揄。

"凭什么新来的小雨能先离开呢,送什么了,给园长行贿了吧?"

先田口无遮拦,妒意十足。

"祝贺,夙愿达成了。"

莲见最真诚地替我高兴。

面对三人的祝贺,我挤不出一丝笑容。若能真诚地敞开心扉高兴一下该多好啊!

那智连连惊叹,继而一脸严肃,不知在想什么。我以为他会像莲见一样真心替我高兴。我开始担心,放下手中的筷子。味噌汤表面泛起细小的波纹。

"你不祝贺我吗?"

我直截了当问他。那智没有放下筷子,边吃边说。

"小雨,你的脸上并没有高兴的样子啊……"

高兴,我非常高兴。可是我的立场不能直接表露出来。只在和豚鼠宝宝们告别时,我感觉到了小拇指那么一丁点难过——我把自己的想法全部讲给那智。

"说实在的,自己内心的感受连我自己也搞不明白。"

"是嘛。"

那智边喝味噌汤边轻描淡写地应了一声。

"我自己也烦自己这种啰里啰唆的性格,烦死人了,雨子!"

"雨子讨厌自己的性格?"

"对啊,特别讨厌。常言说名如其人,看来还真是这样。我这种性格还是和雨脱不了干系,潮湿,阴郁。我不喜欢雨,又冷又潮。梅雨就更甭提了。"

我用筷子捞味噌汤里的海萝,瞅了一眼,颜色红得发紫,感觉不好。这时,只听那智小声说道:"是吗?我喜欢。"

夹在筷子上的海萝掉了。

我放下筷子,抬起头。

那智的脸正好被喝汤的碗挡住了。

整个二月,每天都像活在梦里一般幸福。

我每天有一半时间跟老熊学习"你"的饲养管理,另一半时间用于正常工作。虽说不上工作量翻倍,但接触的信息量超过两倍。就在这忙得不可开交的时候,迎来仙台冬天真正的寒冷。对于我,天气越冷,心里越是感到愉悦兴奋。

一回到家,我躺在一体化浴缸里就能睡着。但我知道那智在等我——做好晚饭在等着我一起吃。我能在幸福中从容更衣。原本说好一人一天轮流做饭,在我这里却一再打折扣,先是隔两天,后来一周顶多一次,而且不是自己做,改在附近餐馆请客了。那智没有一句怨言,还兴致勃勃地挥舞着手中的炒锅安慰我说:"我是学生,空闲时间多。"那智的料理水平天天见长,而我相形见绌,后来就算有时间也不敢下厨了,只能在餐馆请客。

每次我在心里自责自己差劲时总能想到那智的那句"我喜欢"。

我强行认为他说的喜欢的对象是雨不是我。可是一旦是我该怎么办?刚一想,脸马上变得通红。

一直以来,我频发焦躁忧郁的情绪,虽然全部是针对自己的。从今往后,我不再求助远在俱知安的鸽子阿婆,有那智、莲见、老熊,当然还有"你"都可以轻松帮我吹散心头的阴霾。

人生进入顺境的我接下来该如何走?未来一定还会有阴云密布、黑云压顶之时,不过,只要有"你",我想一切都会云散雾消的。

"你"的一口气,强劲有力,像春天的山风,裹挟着花朵的艳丽,我沐浴着和煦的春风,翩翩起舞。如今能待在"你"身边就是我的幸福。我暂时忘却光亮背后的黑暗,在梦境中迎来三月,在浮躁中参加接任考试。

按规定,饲养管理"你"的整个操作流程都会被测评。不过,那天仅仅只看了一遍从宿舍把"你"叫出来的操作,园长就给予肯定,说"可以了"。

峰姐感到意外,但老熊开心地笑了。

接任考试就此结束。我从园长手中郑重接过圈舍钥匙。和我上次从钥匙盒偷拿的虽然同是一套,但明显,今天的钥匙光彩熠熠,大不一样——银色映衬着深绿色,清爽生辉。

"谢谢!全是你的功劳。"

三人离开后,我向"你"致谢,"你"呵呵一笑。

最近,"你"开始有了自然的笑脸。每次看到,我都忍俊不禁,十分开心。真想大声喊出来:"只有这一刻,我最开心!"

"你们是一对?"

莲见冷不丁抛出这么一句,把我呛住了。

"每天给你做晚饭,现在连盒饭都做,这不就是通过各种考验之后的夫妻嘛。而且是近些年流行的男主内女主外、完全颠覆传统的那种,小雨是户主。"

发觉她在说那智时,我又一次受呛。

"哎,不、不,什么呀,哪有的事?这是昨天的剩饭,我装饭盒带过来了。"

"谁给装的?"

她马上追问,不给我留喘息的机会。

"那智装的。"

老实交代后,莲见一脸坏笑。

"看看,那智果然是个完美主夫。"

"我说过不对!我们只是朋友,小学开始就一直是朋友。"

"嘿嘿……"

莲见用面包把炒面一裹塞到嘴里,站起来走向大猩猩。我也很快收拾了饭盒。我不想逃避,也不想让莲见觉得我害羞了。我必须当面和她说清楚,我紧跑几步追上她。莲见正在盯着夜猴看——顾名思义,这是只夜行动物,可是现在却不睡觉,大眼睛一眨一眨地。从手脚的长度来看,脸偏小,像巴黎时装周上走T台的模特。

"知道吗,夜猴是由雄性哺育幼崽的,就是现在所谓的'奶爸'。"

"瞧,那清澈的眼睛,总觉得哪儿像那智。"——莲见又来了!

恋人关系都还不曾想过，她居然称那智是我的老公，当时我耳朵一定红到耳根了。

那智雨子——这名字以前在脑海中浮现过，感觉挺顺口。瞬间思维跑偏的自己真是不可救药的大傻瓜。而且，而且最要命的是，当莲见刚才冷不丁说"你们是一对"时，我的第一反应是说我和"你"，这又做何解释。害羞感过后我觉得心痛。

"今日发生什么事了吗？"

到了那智房间，他一问，我的脸又发烫。

"哎，和平常一样。为什么问这个？"

"没什么，随便问问。"

今天是蛋包饭。那智一只手灵巧地打鸡蛋。

我忽然意识到，近来的我一直只有一颗心。曾经分成两半的另一个我不知何时去了哪儿。这个已经不存在的我现在忽然又有出现的必要。我自己也觉着能分身真是件方便的特异功能。这样一个她若出现，现在当着那智的面就可以一如既往地轻松说话了。

勺子一放进去，软乎乎半熟的蛋黄破裂流了出来。我看着那智，忽然感觉自己有可能被这流动的蛋黄给溺死——我得紧紧抱住那智和"你"之外的某个人。

"今天也美味至极，我吃饱了。"一起洗了餐具之后，我买了便笺纸回到自己的住处，用圆珠笔给值得信赖的人写了封信。

鸽子阿婆：

　　近好！

　　我这边还好。

　　四月起，园里决定安排我担任雪之介的管理员。

　　不过，原本应该高兴才对，却暗藏伤心之情，各种各样的情感搅缠一起，不知如何打理。

　　鸽子们都还好吧？

　　俱知安现在应该还比较冷，请您多保重身体。

雨子

　　三月的最后一天。我向儿童动物园的所有小生命道过谢，一个一个，尽可能郑重其事的。

　　"谢谢！保重。"

　　没有应答。

　　德川那家伙居然看都不看就走开了。

　　看着它离开的速度，我没有担心。

　　驯鹿们也都好吧。我想起它们嚼草时律动的脊背，感觉落日的余晖更加美丽。

　　走到"你"的圈舍，老熊在那里等我。

　　我感动得要哭。

　　"今后我会以客人身份边吃毛豆馅饼边来这里玩的。"

　　老熊看到强忍泪水的我，过来重重地拍了拍我的肩膀，我无以回应，只低头看着地面。

　　"多亏有小雨，俺才能放心离开。私下给你说，你峰姐她其实也一把年纪了。"

旁边没有一个人,他还是贴近我耳边小声说话,原本是想逗我乐,谁知却起了反作用。看来,一个人的善良一定伴随极大的辛苦。我规规矩矩地低下头,在心里向他致歉。

进入圈舍内,"你"没有变化,独自蹲在角落,吃着老熊最后一次为它切的苹果。

"和老熊告别,你不失落吗?"

"失落?为什么?"

"你没有感情吗?"

我想问小熊,但问不出来。

"喂,回到山里后,就没人给你送食物了啊。"

"嗯。"

"必须自己去找,自己捕获。"

"嗯。"

"你"既不惊奇,也无畏惧,只是淡淡地回应。

我也不在身边哦——话到嘴边又咽了回去。想来想去,担心害怕的只是我自己。

"没问题的,我总是在梦里练习捕获。"

"你为什么想回山里?"

控制住泪水,我试着问"你"。

"妈妈在山里。"

果然,"你"给出了我最怕听到的回答。可是我不能阻止你,再也不能从"你"身边躲开。我用左手握紧类似勇气的一块东西。

"喂，你妈妈已经不在了，它死了。"

我说得很明确，但"你"口气不变。

"在呢。妈妈、爸爸，大家在山里。"

我不认为是我听错了。

"你"的语气中，似乎有一种超越个体生死的光辉。的确，你的家族全部都在羊蹄山。感觉都在。不，不是感觉，是事实。"你"知道，不但知道我们人类通过书本学来的一点皮毛，更知道人类怎么折腾也学不到的东西——

"你"，以及"你"之外的动物们，也许你们大家都知道。

老熊兼管的动物我也一并接管了。獾、日本鹿、日本狸和日本黄鼬，偶尔也照看本土狐，包括"你"在内全部是日本土生土长的动物，天生自带亲近感，更需格外细心的照料。想起儿时看过的动画片《百变狸猫》，里面的狸猫个个可爱到让人心痛。我不再把自己的心分成两半去调适了，我在心里拉起一道窗帘，勤奋工作。

新绿吐露，春意盎然的四月。在"你"面前，就算把窗帘全部拉开，视线依然昏暗不清。理由我也清楚——虽没接到鸽子阿婆的回信，但该做什么我很清楚。

"仍有残雪，等过一阵再说吧。"

面对"你""什么时候能回去"的问题，我总是用上面的话搪塞。羊蹄山仍有残雪是事实，等"你"的食物在山中都发芽之后再行动这是中学时就制订的计划。可是具体到几月、在此还要睡多少天等等我就无法给"你"答复了。

我实现宏愿之日,就意味着和"你"告别之时。

这样能够每天待在"你"身边的日子在我还是头一次,这幸福的每一天居然从一开始也带有阴影。

"下月节假日,要不要去哪儿逛逛?"这时,那智不失时机地问我。

"你想去哪儿?"

"嗯,去枥木采草莓怎么样?"

"没劲。"

虽然直接拒绝了,但那智还是看出来我内心的动摇。

"那我们去体验采蜂蜜吧。"

在那智笑盈盈地一再建议下,我俩现在正驾车沿高速路南下。这是黄金周结束之后第一个公休日。我们的目标是那须高原的养蜂场。今天正好碰上我的生日,又是公休。那智也有时间。我对生日这种特殊日子一直无感,完全是在无意识中确定的时间。从仙台再往南平生还是头一次,汽车在飞奔,我到达日本最南端的记录每分每秒都在不断刷新。

不幸被莲见言中,我终究适合做个丈夫,我边开车边这样想。侧目瞅一眼坐在副驾驶座的那智,觉得他像个蜗牛。

"一路开车辛苦啦,这个奖励你。"

出了服务站卫生间,那智递给我一个大大的牛舌串。

"给从仙台过来的人送这个?"

我想用挑刺来掩饰自己的不好意思,希望那智不介意。

啃着牛舌,我心里忽然意识到,我俩这就是典型的情侣约会吧。这让我控制不住自己,猛一踩油门,那智吓得嗷嗷直叫，抑或是觉得好玩。

到了这份上，我感觉自己可以把心交给那智君了。

风和日丽的天气，自己史上到达过的最南端的地方。既不是因为疯狂的黄金周刚过，也不是因为我的生日，应该是"你"最喜欢的蜂蜜在招手致意的缘故吧。

我想入非非。

"为什么不选自动挡？"

"尽量不靠别人，喜欢自力更生。"

编出来谎话带有我的风格，那智信以为真。

离开俱知安之后，我就是卡车的驾驶者了。为了平安顺利将"你"拉回家乡，一直觉得有必要练车，而且必须和园里的卡车操作系统同款。每次踩离合变挡，那智都一脸佩服。

从仙台出发三个钟头车程。车一上那须高原，空气立变。如果俱知安的风是青白色，这里就是绿色，比喻也许不恰当，感觉这里空气像是经森林、树木冷处理过似的。沐浴凉爽的风，再走数十分钟，便能看到一个古旧牌子，上面写着：山崎养蜂场。

"首先要让蜜蜂老实听话。"

蜂场老大爷说罢从一个圆罐里喷出气雾，空气中立刻散发独特的气味，大爷随手打开蜂箱。密密麻麻的黄色蜜蜂忙忙碌碌挤成一团。大爷用手轻轻拨开蜜蜂。箱内露出排列整齐的六边形小方格，同样密密麻麻但却充满美感。泛着白色已经固化的蜂巢里面，那神秘的琥珀色在向我们招手。

"这个时期主要是莲花、洋槐、苹果花蜜。"

大爷在认真仔细介绍,但我几乎听不进去。蜂场里其他动物家族,成双成对欢快的嬉戏声却像酒店背景音乐一般优美动听。忘了大遮阳帽的累赘,忘了脸上罩着绿色护网的束缚,我站在那智身旁看得入神。

"小雨也来试试。"

那智催了两遍我摇头拒绝。

成百上千只蜜蜂用自己小小的身躯辛勤采回来的蜜,在那智的金属铲下被剔平,就像我清理豚鼠粪便一样毫不怜惜。刚才那整齐的六边形遭到破坏也让我伤心。可怜的蜜蜂却像什么也没发生一样嗡嗡叫着在周围飞来飞去,并没有来攻击我们。它们是否知道一旦蜇了我们,自己也将很快死掉。或者,自己正在辛勤劳作给人类赠送甜蜜呢?

无论哪种情况,蜜蜂都堪称奋不顾身、勤劳勇敢的楷模。

"可以吃吗?"

一个小男孩怯怯地问。大爷咔嚓掰下一块递给他。

"甜!甜!好甜!"

听着变声前男孩的赞美声,我长出一口气。

想起第一次碰到"你"时,"你"就埋头想吃罐子里的蜂蜜。

每周一次,园里给"你"提供一次蜂蜜,"你"十分喜欢。不是埋头吞食,而是用手一点一点送到嘴里。

"尝尝?"

那智把一小片放在手指尖上,伸出右手。

吃，不是犯罪——这时，我听到鸽子阿婆的声音。

"嗯。"

我看到护网后那智那张幸福的笑脸。蜂蜜一放进口中，甜得令人晕眩！

从离心分离机上流出来的就是我们平时见到的蜂蜜。这里的蜂蜜不是进入鼻腔深处黏稠浓香的气味，而是蜜蜂在各色花瓣中穿梭忙碌带回来的香气。我平生第一次理解了香味和香气的差异。

选最大的瓶子装满，让人封好盖子，便成为我们的宝物。"你"一定会喜欢，真想早点回到"你"身边。谢过大爷，我匆忙上车，系好安全带，这时那智说：

"我还想去一个地方。"

"哪儿？"

"暂时保密。"

那智明显有些心神不定，半天连安全带的金属头都找不到。

"反正就在附近，可以吧。"

说罢他慌忙拿出印好的地图，一种不祥的预感爬上我的心头。扭扭捏捏的那智和小学生那阵完全一样。

开车不足二十分钟，在那智的引导下我们停车，眼前一片森林。

"就是这里。"

下了车沿小道走在前面的那智，在我眼中已经有了大人的感觉。

在寂静的森林中，只有我们俩走路发出的声音。一切都那么安宁，好像动物们正睡得香甜。树木之间完全能够并排前行，我有意走在那智身后。

"和过去正好反了。"

我小声嘀咕。那智心领神会，马上不好意思了——过去，在那条奥姆路上，总是我前那智后。我内心欢喜，他还记得这些事，正担心被他回头看到时，一声"到了"让我闻声抬头看过去——那智对面有个小屋。干枯的茑藤爬满墙壁，已经融进这片林子。

"这是什么？感觉有点可怕。"我又像是在发牢骚。

那智回头说道："老爹在这儿。"

"老爹？那智的？"

"小雨的。"

我总算明白了。他说的老爹不是我现在叫爸爸的人，是我的生父砂村。

"抱歉！没提前说就把你带来了。"

"为什么？"

招牌式的问题。那智的回答也简洁明了，如水滴落入平静的水面。

"我觉得小雨一直很痛苦。"

意图总算明白了，我无言以对。

"当上梦寐以求的棕熊管理员，依然看不到小雨的笑脸，让我很是担心。"

那智声音不大，我听着却很响亮，或许因为森林里的静谧。

"可是，我又没办法。我想若是砂村先生，或许能帮你解开心中的迷惑。……抱歉啊，这么大的事，事先没和你商量。前一阵给北海道大学打电话，才知道他这个月在这里搞研究……"

为什么啊？虽这么想，我却没说出口。

"不过，接下来由小雨自己决定，如果你不想见，那我们就原路返回。"

为什么那智这么用心全力帮我，这个问题占据了我的心思。我居然不知道自己的亲爹就在我附近。

"知道了。走吧。"

我点头开始往前走。

"那我回车里等你。"

那智朝停车点走，与我擦肩时说道。

"谢谢。"

我不情愿地应了两个字，声音极小。

我站到了小屋门前。

茑藤空隙还是露出墙皮的破旧、裂痕，脑子里闪过动画片《天空之城》和《龙猫》中小月、小杨的爸爸。小时候，每次看到埋头在书堆里啃书的砂村，就觉得特别像。我也自然而然认为自己就是小月，可是，后来再怎么努力也无法成为那么优秀的女子。站在有点陈旧的门前敲门，干硬的声音响过之后，里面马上传来应答。

"请进。"

门开了。昏暗的房间里只放了张桌子，柔和的阳光从一扇小窗户照进来，正好落在曾经记忆深刻的那张脸上。

"是雨子吗？"

这声确认身份的招呼，像只隔了一周之后的问候，把相隔十六年的岁月在极其平淡中叫得无影无踪。不过，这就是真正的砂村。

"嗯。"

和记忆中那张脸大有变化。他比以前黑了，双眼皮的眼线也变成暗黑，下巴的胡须里已经加进了白丝。不过，溜圆的眼镜和斜向一边乱蓬蓬的头发依然如过去一样。

"发生什么事了吗？"

我生气！面对十六年不见的女儿，见面就一句"发生什么事了吗？"

我仿佛又听到了十六年前那天，家庭茶餐厅里咔啦咔啦搅拌橙汁的声音。

"没事就不能来吗？没事就不能来见你吗？"

我痛快地回敬眼前这个特殊的人。

"怎么会呢！"

砂村淡淡回应并站了起来。

"哎，想起来了，今天是你的生日啊。"

他能记得我的生日让我吃惊，但若被认为挑生日这天过来找他岂不更糟。我只能直愣愣杵在那里，不知如何接话。

"你来得正好，真心的。"

砂村伸过来他粗糙的手。

"嗯。"

我没有伸手去接,他过来把我抱进怀里。

特别有力。

我似乎闻到一股用家乡泥土做成的、饭团特有的、浓浓的乡愁和亲情气息,我无法挣脱这骨肉温情。

"这地方算不上漂亮,不过还不错吧。"

我坐在椅子上,要了杯麦茶。桌子上尽是书,放杯子的地方都找不到。椅子摇摇晃晃,咯吱乱叫,硌得我屁股痛。倒是窗外树枝摇曳,沙沙作响,感觉不错。椅子的硬板面让我想起俱知安的图书馆。很快我的心便平静下来,有点不好意思,站在窗口向外看。

"出去走走吧。"

砂村从资料里面翻出放大镜。这放大镜虽然普通,但特别大。手掌般大的镜片显得挺重。手柄端有个龙猫吊饰。我们走在森林间的小路上,我看着砂村的背影,并用五分钟时间把至今自己走过的人生轨迹简单叙说给他,听说我当上了动物园饲养员,砂村很为我高兴。

"我有事想问你。"

我之所以开门见山说事,是觉得时间浪费不起。直觉告诉我,能像这样与亲人一起度过的时间在我这里已经为数不多。

"是嘛。"

他只应了一声,语气平和。

"我可以问吗?"

"你已经在问了啊。"

他狡黠一笑，我也不再客气。

"先声明一下，这问题我考虑过无数遍，百思不得其解，问题很棘手的。我可问了啊。"

说着，我抢过他手中的放大镜，砂村笑着点头同意。

"你认为动物园为何而存在？"

"雨子怎么认为？"

"说是为研究、种群保存等，但终究是为人而存在的。"

"我也那么认为。"

"那你怎么看这事？我是说人类为了自己的欲望饲养动物。"

"我不认为是件坏事。不过，前提是要对生命负责。"

"为什么？"

"雨子认为不对吗？"

"你怎么又反过来问我，我想不明白才问你呢！"

砂村哈哈笑了起来。

"你是位很稀有的动物饲养员啊！"

说着，他又把放大镜抢了回去，拿着放在我面前，透过镜片看我，像是发现新物种一般，眼里放光。

"饲养员也有自己的认知世界。"

我又抢过放大镜，对着地面照。有只蚂蚁在动。这么偏远的森林里也同样有蚂蚁，和城里一样。

"雨子是素食主义者？"

"不是，为什么这么说？"

"那么，你不认为吃动物肉有错吧。"

"是啊，那是为了活着。"

"不只是不吃食物无法生存，与此同理，人类若停止思考，也将无法生存。"

这是我不曾想到过的说法，很新奇。我惊奇地发现，这种想法竟自然而然迅速地传遍全身成为我的一部分。

"刚出生的婴儿。因为没有思考能力，无法独自生存。有的只是欲望，肚子饿了哭，热了、冷了哭，甚至闲来无事无聊也哭，然后自然排泄。"

我摇摇头，感觉自己受到一种思想压制。我和砂村的认知不在同一层面。他高高在上，天马行空；肤浅的我只有叹气。这样想着抬头看他时，又被他嬉笑说道："教给我这些道理的不是别人，正是婴儿期的雨子。"我一惊，感觉高高在上的他突然又落到地面了。惊叹的同时，一直以来朦胧的阴影又涌上心头，从挖开的洞口汩汩而出。不愿回首的问题又开始在心里拉锯跳动。

不想问，又想问。

——他选择离开的理由、心情。

"你说过植物或许比家人更重要。"

听到这话，砂村看着我。

"那是真心话？"我盯着他，内心充满积极正向的愿望，希望得到否定的回应。

"真心的。"

我的愿望被他击碎。

"是吗？"

砂村不适合在家庭中生存，这也没办法。世界有这样的人存在也没什么。为此，妈妈选择了分手；为此，我有了另一个爸爸。我陷入沉思。

"谢谢。想问的我全部问了，我要回去了。"

我摆出一副自己并没有受到伤害的表情，把放大镜递给他。砂村接过放大镜，再一次抬眼看我。

"你查过'大切①'这词的意思吗？"

"查了。就是'重视'的意思，'有分量'的引申义。"

"还有一个。"

他这么一说，我只好在脑子里搜索"大切"的其他含义，不知道，也想不出来。

"还有一个认真仔细对待的意思。"

好像也在情理之中，并没有什么太多意外，我脑子有点乱，甚至有了一种新的期待。

"那又怎样？差不多一样呗。"

"我从没想过不认真仔细地对待雨子。"

我感觉自己心中的什么东西咚的一声落下，落入腹腔。

"人类能够做到先思考再行动。可是，植物不同，植物不是那样。植物就算能够自立，但行动受限。尤其是对来自人类的侵蚀，无论如何也无法抵御，无法保护自己。"

这情形无疑也发生在我的身上。

"所以才需要更加小心仔细去呵护。"这正是我一心想

---

① 日语字。

"你"、一心想要帮"你"的心理。

"这让妈妈无法接受,对吧?"

可以想见,儿时的我一定是一个不让大人省心的执拗的家伙。我没好意思说出来。

"妈妈希望将你放在第一重要位置仔细培养。为此,我经常惹她生气。"他这话像是借口,极不体面,但我听了却非常高兴。这既是砂村的真心话,也没有任何贬低妈妈的口气。

我们开始原路返回,这次砂村走在我身后。

"最后再问一个问题,可以吗?"

"什么啊,怎么还有问题?"

"作为生父,你也太无情了吧!对一个十六年不见面的女儿开口说的那几句话,你不觉得吗?"

我回头瞪他一眼,砂村憨笑一声只说了三个字:"也对啊!"

"为什么给我起'雨子'这么个名字呢?"

"也没什么特别的原因。"

砂村停下脚步。

"即使是无聊的原因,可以告诉我吗?"

等了一会儿,仍没有回答。

"大家大都厌烦下雨。外出郊游,一旦碰上下雨,同学都会怪到我身上。那种心情你能理解吗?"

"不理解,完全不理解。"砂村边说边开始转手中的放大镜,"为什么?你没听说过'及时雨'这个词吗?"

及时雨——隐约感觉他会这样说,不幸真来了。

砂村把放大镜塞到我手上,然后匆匆朝回走去,似乎在说"这女儿真烦,没完没了的问题。"我知道他没说真话。今天是我生日也一定是那智告诉他的,他怎么可能记得这些呢?伤心开始演变成懊恼。

"你不说我也知道。及时雨,是啊,雨是上天对植物难得的惠顾。"

见我发脾气了,砂村停下了脚步。我感觉难堪,感觉自己属于好心没好报的家伙,我没有权利对生父砂村发火。可是,我没忍住。

"结果,爸爸认为植物更重要。刚才说的什么没想过不认真对待我之类的话都是借口吧?其实你一开始就没必要掩饰,没必要安慰、照顾我的情绪。"

"你说得不对。"

"哪儿不对?"

爸爸不再回答。

"哪儿不对?回答我!"

我提高嗓门,仍没有回应,他甚至连头也不回。

"你说啊!凡事让我自己思考又是什么意思?明知我决定不了!我怎么知道爸爸你怎么想的!"我大声叫嚷,树叶咕噜反转了一下。

"知道了。'及时雨'这个理由是假的,抱歉。"

爸爸用别扭的声音向我道歉。

"已经过去二十三年了啊……"

他依然背对着我,抬起头像是对树叶讲述一般。

"雨子横竖生不出来,你妈妈当时那个痛苦啊……后来我被叫进产房,你妈妈紧紧抓住我的手。终于生出来时,不知什么原因,不单只有喜悦,各种情感交织在一起,看着眼前拼命呱呱哭叫的小生命,你妈妈哭了,我也……"

爸爸说到这里,开始语塞,"我也……总之,眼泪扑簌而下。在助产士告诉我们是个健康的女婴后,我才哭着抱起你,眼泪吧嗒吧嗒地落在你身上。"

我什么也没说,屏住呼吸,用泪水模糊的双眼远远看着他的背影。

"因为这无名的眼泪,所以你才被起名叫雨子,是在心灵的雷雨中出生的,雨子,就这样。"

这一刻我终于知道,这世界上原来有温暖的雨。

幸好爸爸背对着我,因为我的眼中也流出温热的东西。我握紧放大镜,摆弄着上面的龙猫。龙猫露出笑容……

回到停车处,那智在副驾驶座上睡着了。

我用放大镜看他的脸——他的睫毛微微一动。

原来是在装睡。

我感谢那智如此的细心。装睡的他应该没有看到我一把鼻涕一把泪的狼狈模样。

那智右手捏着地图,用红色圆珠笔在现在这个位置画了一个醒目的×,做好了标记。他在为我们父女下次见面做功课。我从他手上拿过地图,小心折好装进我的口袋。

"那智君,谢谢你!"

这次我大声说给他听,猛踩油门原路返回。

接下来的日子既幸福又辛苦。

幸福的"幸"和辛苦的"辛"写出来很像,我理解了其中的缘由。每日我都陪伴在"你"身旁,照料"你",只要把圈舍的内锁锁上,就没人知道我进到"你"的圈舍了。每天闭园后我都会进去和"你"独处一会儿。

回到家里,那智已经做好饭菜等我。现在,除了"你",还有那智。感觉缺了任何一方生活都无法满足。一旦两方同时不在,那就不是缺损,而是崩盘了。一想到不久将要发生的我所策划的灰暗事件,我的思想就开始摇摆。

"天暖和了啊。"

"你"说话的意图我很清楚。

我马上回应道:"这里暖和,但山里还很冷。"

"我想早点回去。"

"很快了,再等等。"

我这样含糊推脱,以免让"你"失落。

"很快,到底是多久啊?"

"嗯,夏天吧。"

到那时,"你"我一起摆脱樊篱。

"夏天是什么时候?"

"夏天很快就到了。"

我明显成了一个胆小、没有信誉的家伙。

"很快是明天吗?"

"明天可不是很快啊。"

在"你"的拷问面前，我觉得自己卑鄙、混账、胆小，和那智一起体验收获到的蜂蜜也没拿给"你"看——我打算把它作为最后的礼物，放在橱柜最里面。自私的我也曾期望打开它的日子永远不会到来。"你"用手掌小心掬起园里提供的蜂蜜，送到嘴里舔食。从侧面观察这一动作的我经常无地自容，明明自己有更好吃的蜂蜜却一直藏着不拿出来。

这样的日子，也还算幸福。

正因为尝到了幸福，所以辛苦。我才深刻地意识到，幸福其实就是深层次的哀怨。世界比想象的复杂得多，所有东西或许都充满矛盾。

每次在梦中抚摸熟睡中的"你"，"你"总是用温暖如春的身体将这个不可救药的我，连同我身上的矛盾一并揽入怀中。

五月下旬雨明显增多。

虽说还不到梅雨季节，但大家似乎已经开始腻烦了，个个撑起雨伞以示抗议。我仍能鼓足干劲精神饱满地投入工作，这完全得益于砂村爷的教诲。

我若讲了"你"的事，砂村爷又会说什么呢？我每晚在床上思考，五秒就能找到结论——

"雨子喜欢怎么做就怎么做。"

砂村爷一定会这样讲的，那换成那智君呢？

在用毛巾被搭成的城堡里我苦思冥想，没有头绪。

我把从那智手中抽下来的那张高原地图贴到我的衣柜里。

用红色圆珠笔标记的红×记号一直会提醒我重要的人有许多。

我打算偶尔再挑战一下料理，就进了超市，推了一辆购物车。被精肉柜台的低温冻得身体收缩时，手机铃响了。

"是冈岛小姐吗？我是青柳。"

紧张感一下子传到冰凉的手指尖。

"休息时间不好意思，你能马上到园里来一下吗？"

"好，可以，发生什么事了？"

我的话还没说完，园长说："被雪之介攻击，峰桑受伤了。"

这种时候，园长声音丝毫不乱。

"我马上过去。"

挂掉电话，给店员躬身致歉，我连货带车放在了超市。叫了辆出租车，安全带也没系，双手交叉抱拳暗暗祈祷。或许用力过大，到园里时，手指发麻。

我急忙跑步前进，闭园后的动物园内十分安静。

转到棕熊馆后面，手刚搭上门就听到一声吼叫。

"你"的叫声。

我不知道"你"在说什么，只知道"你"很痛苦。

打开门后，园长转过身来，旁边站着副园长和藤泽。铁格栏内，"你"在寝舍来回乱转。

"休息期间不好意思啊。听说突然兴奋起来。"园长淡淡讲述，她的背后，铁格栏下有血印。园长遭袭击的可怕景象出现在我脑海。

"峰姐呢？"

"伤不算重,带去医院了。"

园长盯着铁格子上的挂锁。

"原因是她的疏忽,忘记锁这边的门就进了寝舍。雪之介有点兴奋逼近铁门,峰桑急忙去锁门时,从格子的缝隙被抓到了。"

"你"或许没有发觉我回来了,一直在不停地走动,像那头北极熊一样,不过并不是重复相同的步履,像滚动的橄榄球,有点随意任性。

"为什么?"

本来是打算问"你"的,但回答的却是园长。

"就是想知道原因才叫你回来的,雪之介为什么会突然兴奋发作,峰桑也想不出来。"

"请给我一点时间。"

说着我走近栏杆问:"怎么回事?"

这次明确、清晰是向"你"抛出问题。

于是,"你"一下停止走动,扭头看着我。或许这是别人办不到的,副园长和藤泽也向我看过来。

"怎么回事?"

我再问一遍。词语相同,但这次"你"能看到我的脸。看着"你"的眼睛,我慢慢点头,"你"终于说话了。

"我不知道。"

声音小得几近缥缈。

"没关系,冷静想想。"

因为我回来了。

最后这句，话到嘴边又咽了回去，园长他们就在身边。回头看时，副园长和藤泽表情没有变化，他们似乎听不到"你"说话，只有园长一直盯着我的脸。看来这个人或许也能听到"你"的声音。

"你"慢慢走到圈舍里头坐了下去，纷乱的气息逐渐平静下来。

"抱歉，能不能让我单独和它待一会儿？"

"请吧，后面就拜托你了。"

园长脸上表情依旧，说罢便和副园长一起走出去了。我从里面锁上门，营造两个人独处的空间，马上打开挂锁。

"没事了，镇定下来。"

打开铁门，我进到寝舍里，慢慢走近，于是"你"伸出手来。"你"的手软乎乎的，我的犹豫迟疑彻底打消。

"我不知道。"

"你"的声音像风中的烛火，细弱、飘忽不定。

"没关系，先休息一下。"

我拉软管进来放水，帮"你"清洗爪子。

"水好凉啊！"

听到这天真无邪的声音，我长出一口气放下心来。

刚才那么多人过来一定让"你"紧张，我也替它揪心。"你"一定担心会受到惩罚，怯懦害怕。虽然体格庞大，但心里毕竟是个孩子，还很幼稚。

"有发生什么可怕的事情吗？"

我去握"你"的手，但是它的手太大握不住，我只能尽力抚摸。

"不知道。"

"你"回答时依然在大口喘气，仔细看"你"脸部，感觉它的眼睛少有的干涩。

"你"上年纪了。

依然如此可爱的"你"，已在动物园度过了十四个春夏秋冬，对棕熊而言已经进入老龄期了。我一时感到束手无策。

"给你添麻烦了，惭愧！"

去医院探望，峰姐向我道歉。左腕无力垂下，听说缝了数针。

麻烦谈不上，一定吓着她了，不免让人同情，只觉得可怜。虽然她说完全不用担心，然而面对像我这样一个新手，能说出那番话，一定会让她羞愧难当。目送峰姐坐车离开医院之后我才意识到这点。虽说只是副管理员，但被自己多年照料的雪之介獠牙相向，这本身就是无情的打击。我为自己不懂人情世故、缺乏想象力而生气。

努力让心情平复下来，我把今天的事件简单编成短信发给那智。

"抱歉！因此今天不能做饭了，我自己随便吃过后再回去。"

短信刚发过去，那智的回信就到了。

"出那么大的事，辛苦了！做饭你不用管了。有事随时联系。"

手机上的文字就像是那智亲笔写出来的一般亲切。

我在地铁站月台的椅子上坐下,发现旁边坐着的竟然是园长。

"雪之介兴奋的理由弄清楚了吗?"

或许场合不同的缘故,感觉园长说话的语气和平时不同。也对,在这里园长也就是一名普通女性。我率直又笼统地回答:"估计是精神压力。"

"知道原因吗?"

知道。原因我当然知道。"你"自己或许未必明白,原因非常简单。就是因为我一直推迟兑现承诺,让"你"的愿望落空。

"我想是因为它的生存环境不好。"

带着"你"的期望,不等园长说话,我又说了不该说的。

"拜托,等河马馆舍完工后,下次能否给雪之介翻新一下馆舍?"

这话是我刚刚想到的,此前从未认真思考过,"我知道我的请求有点冒失,不过,那家伙现在很痛苦。照这样下去我担心难免会步花见后尘,早早离开我们。园长,求您了,请您考虑一下。"

我的声音在月台回响。可是我控住不住自己,目光死死盯着园长。这时传来火车头的声音,不对,是奔驰而来的地铁。

隧洞里吹过一阵冷风。

"很遗憾,这个不可能。"

"这是为什么?"

"改造计划已经排到我退休之后了。河马馆之后是印度犀牛馆,再之后是北极熊馆。"

园长说的的确也是我一直担心过的动物。她说的我也明白,完全清楚,可是……

这时地铁的铁门关上了。发车的同时,我站了起来,"雪之介是园长你救下的吧?"

园长沉默不语,看了我一眼。

"一定再救它一次,拜托了。"

"当时只是运气好,前一年死了一只狗熊,圈舍空着,就把它接过来了,我什么也没做。"

"不可能。"

我极力反驳,想要紧紧咬住不放,但园长也不退让。

"是事实。"

"雪之介不好对付也是事实,它现在伤人了啊。和其他动物比,你不觉得它更危险吗?"

"不觉得。"

我的随口顶撞让她生气,沉默了一会,园长说:"不,正确表达应该是'我不那样认为'。"

她瞄我一眼,继续平静地说:"我想有你在,应该没有问题。"

听到这话,很奇怪,眼前黑豹似的眼睛瞬间变得有点像鸽子阿婆了。我离开等候处,从月台一侧上了电车。

园长的话给了我勇气。当然这种勇气是园长绝对不愿看到的。

终于明白,心魔不是园长,正是我自己。

我需要园长和鸽子阿婆那样战胜困难、扫除烦恼的决断力。疾走在仙台地铁站的扶手电梯上，我一边从记忆深处搜索中学时做好的笔记内容，一边一头扎进站前的东急汉超市。

回到家，笔记本在我壁柜的最里面，我随时随地可以拿出来翻阅。

铁板、PET板、改锥、丙烯切割刀具、剪刀、绿茶白三色油性涂料、涂料板刷、毛笔、遮蔽胶带。

对于购买这些东西，我曾无数次不由自主地展开过想象，今天终于实施了。店员用仪器读取条形码的声音节奏感十足。仿佛儿时天不怕地不怕的雨子也前来助阵了。

我在公寓的前一站下车，疾步前行，精神振奋。越是这种时候越需要沉着冷静。我随便进了一家不起眼的咖啡馆，在临街的窗边坐下，找到很早以前就查过的网站，在搜索栏输入"车篷罩布"，亚马逊网站的名字让我想起亚马孙是动物的乐园，有茂密的森林，有下不完的雨，好像亚马孙雨水的颗粒与窗外车灯的光亮重叠了一般。

我一直在这家店推敲计划直到打烊，走出咖啡店，我朝有人家的地方走，从马路上拐进一条巷子——就是住宅街，那里一眼就能看到七福神和面包超人。一家食材店的墙角停着一辆小货车。我迅速从袋子里掏出刚买的改锥，弯腰半蹲在车背后。插进改锥，轻松撬掉车牌。犯罪行为轻松得手，反而有点害怕起来。

我一路小跑喘着气回到家，那智在走廊等我。

"这么晚！没事吧？你没回短信，有点担心就来看看。"

"没事。"

我拿出钥匙打开房门，只听那智说："你学做DIY手工了吗?"他从东急汉购物袋外面看到了车牌的深绿色，我急忙将袋子藏到身后。

"给雪之介准备的?"

那智虽然面露不安，但他这样一问，我反而放心了。

我不用撒谎了。

在那智面前我尽可能不撒谎。

"嗯，是的。"

堂堂正正回答之后，我说了句晚安，就进了屋门。

我用铁板和PET板把车牌往里一夹，然后在厨房灶台上点火，用火钳夹住烘烤，塑料融化气味很大，我慌忙打开窗户，把最重的词典拿来压在上面，等了几分钟，就成功做好一个透明的复制车牌。

我用相同的工序又做了一个，用丙烯刀具仔细裁好，已近半夜零点。我出了房子跑回石材店把车牌还回去，现在心脏才开始怦怦乱跳。归还的时候才感到紧张，这有点奇怪。我尽可能让心情恢复平静。回到家冲淋浴，感觉手比平时脏许多。

第二天原本也是公休，但因峰姐昨日事故，我代她出勤上班。

"回家乡的山里去吧。"

尽管睡眠不足，给"你"报告这一好消息时却异常兴奋。

"什么时候？"

"你"睁开惺忪的眼睛。

"我决定六月九日。'你'在这里再睡十个晚上，十次。"

"十次。"

虽然"你"不可能准确知道这个数字，但总能感觉到为时不远这一点吧。我把从外面捡回来的松塔往地上摆，到第十个时，发现自己算错了，便把一个装进自己的口袋。

"不好意思，只需九次就到了。"

好像瞬间少了一天似的，我小受打击。

"这里总共有九个，每天早上减掉一个，这样'你'就知道后面还剩几天了。"

"你"一直看着我摆弄松塔，嘴里重复说了一遍"九次"。

"你"的发音听起来不像数字，但十分可爱。排成一排的松塔只要"你"大气一出就能被吹走。"你"好像听懂了我的用意似的，坚决不动，像守候鱼儿一样一直盯着看。

之所以选择六月九日，因为这天是我和"你"初次遇见之日，也是"你"失去妈妈之日。我查了值班表，那天正好是莲见，感觉天赐良机，犹如神助。

"园长，在峰姐恢复之前，我想一直上班，不再休息。"

我在办公室向园长致歉并做保证，"对昨天在地铁站台那说的话，我非常抱歉！我将以己之力全身心投入工作，争取消除雪之介的精神压力。特请求接下来一段时间不休息一直上班。"

我斟酌措辞尽量不让自己撒谎，然后看着园长的眼睛。

"不行。连续工作也可能是事故隐患。"

依旧逻辑严密，没有反驳余地。不过，我还是在园长脸上看到一丝喜悦。

"你的心意我领了。昨天的事也表明你对雪之介的热情，我也理解，还请你继续努力。"

被她这样一说，我只好让步。

和莲见一起吃午饭，听植木的大嗓门，看豚鼠在新宅中快乐地跑动，一切的一切将只剩下九天。这么一想，竟觉得这地方像我的避风港湾一般安稳，红豆大福饼的甘甜，令人留恋。在咀嚼体味中，我加工好"你"的食饵，清理圈舍，洒水冲洗。能和"你"一起共度的日子也只剩九天。不，减掉休息日，只有七天。时间所剩无几，我依然尽心尽力。为獾的圈舍改造倾力，仔细捡拾鹿的粪便，儿童动物园的自由邂逅时间仍赶过去帮忙。深感和"你"之外的时间也分外重要，这让我感觉到自己长大了。

每天早上见到"你"的第一件事就是拿一个松塔扔到外面。

听到我说"再有八次了"，"你"便会模仿着倒数起来。

"八次、七次、六次……"

日子倒计时快得难以置信，虽然惊讶却不能外露。"你"倒是像要外出旅游的孩子，一天比一天高兴，眼睛闪闪发光。而我却找不到半点当母亲的感觉，我一天比一天难过。与那智的二人晚餐曾经很享受，现在也变得辛苦、煎熬。日子一天天减少却必须装得跟没事儿人一样，这对我实在是件难事，但让我干脆放弃则更加痛苦。餐桌上，每次双手合十说那句"我开动了"时,都会在心里暗自念叨"五次、四次",和"你"一样。

该做的准备都做好了。决心也不再动摇。

只有一点没想清楚——该不该给那智讲?

十四年前的某一天起,一直深埋自己心底的宏图夙愿,说给那智,想必他也能够理解,或许还能为我打气鼓劲。可是,看着眼前的那智,看着他一边美滋滋吃我做的鸡肉蛋盖饭,一边赞不绝口,我还是难以开口。

三天前给妈妈和爸爸写了信,前天给鸽子阿婆、昨天给砂村爹都写过了,今晚打算给那智君写。熬夜失眠也无所谓,明天就是最后一次连休,只需以客人身份去见"你"就行。

"你DIY加工制作了什么?"

那智的提问让我觉得唐突。之所以有这样的感觉,只是我不想让他也牵扯进来。我躲开他的目光,极不自然。

"哎?没什么,也没做什么。"

此话不假,的确也没制作什么。

瞥了一眼那智,发现情况不妙。那智一言不发。这意味着他已经发觉了我的焦虑,我背上开始冒汗,如螃蟹的气泡一般。

"为什么想到问这个?"

我本能反应希望自我保护。感觉在被他追到穷途末路之前,这样主动出击比沉默要好。

这时,有点后悔当初没有买台电视机放在家里。刚搬过来时,妈妈要买,我认为那玩意已经没用,拒绝了。

我真蠢。

"不，没什么。只是觉得你为雪之介在做着什么，想了解一下。不过……"

关键处他又不说了。看来那智也很紧张。

"我伪造了卡车车牌，为了'你'。"

这话从心底里蹿出，没有经过大脑。

在那智面前，我还是撒不了谎。无论多么自我任性之事，我都不愿编谎，我不允许自己以另一张面孔面对那智。

"你说为了我？"

那智把我心里的那个"你"当成他自己了，人称指代出现混乱。

"啊，抱歉。我说的那个'你'，是指那只小棕熊。虽然园里给起名叫雪之介，但我觉得那不是它真正的名字，我一直以'你'相称。"

秘密说出去后，那智停下手中的筷子，不再说话。

"我要救出那个心中的'你'。"

那智依然什么也没说。

"小学三年级时，我曾只身前来动物园见'你'，那家伙说让我帮它。当时、现在也依然傻乎乎的我，不顾一切翻过栏杆跳进园内，然后引发轩然大波。我发誓一定要帮'你'。从那时起，我按照自己傻傻的想法展开营救'你'的努力。心想若当上饲养员就能放'你'逃出去或者什么的，只有这一个念头。于是，各种付出、投入，在驯鹿园做义工，去上无聊的专科学校，泡图书馆，猛学各种动物知识。面试虽然差强人意,却依然被园长选中,终于进到这家动物园,一开始做儿童动物园担当,今年老熊辞职,去照顾生病的妻子,我甚至暗自窃喜……"

"不用再说了!!"

那智终于开口出声了。

"……我总觉得小雨你有心事没告诉我。"

"是吗?"

我惊到了。

但也在情理之中,直觉告诉我,那智应该知道我的秘密。

"拜托,你权当什么也不知情!"

那智把手中的筷子放到碗上,轻轻地、没发出任何声音。

"你不能走那一步,不能啊!"

出乎意料。一直以来,那智对我可谓是百依百顺,从没有过反对。就算不同意,他也会暗中帮我,助我一臂之力。对此我深信不疑。

"小雨你错了。那可是犯罪啊!"

"这我当然清楚!"

我猛地站起身,腿碰到桌子上,桌子咯噔一声晃了一下。

"我知道那是犯罪,但只要为了'你'……"

"可是,你确定雪之介真的盼望那样吗?"

那智也倏地站了起来,震落了碗上的筷子。

"当然盼望!"

"你怎么能够确信?"

"我知道。'你'说过的。"

"就算说过,你认为它说得对吗?回到山里,你觉得它能生存下去吗?"

"那我不清楚。"

"那你为什么还要这样做?!"

"虽然不清楚,但若在这里、在动物园,和我在一起,它就会死。即便活着,也和死了没什么两样!"

我的眼睛深处极度发烫,感觉脸上的肌肉在抽搐,即将土崩瓦解。

"是我杀死它的妈妈的!"

这个事实每次从我嘴里说出,我都痛苦至极。那智从没有再阻止,他一直站在我一边的。可是……

"不对,那只是小雨的执迷妄念!"

"没有不对!"

我伸手去推房间门时,"等下!"那智一下子抓住了我的右手腕。那智的手强劲有力,超乎想象。他把我拉到沙发旁。继续说道:"这么多年过去了,你还逃避着自己干什么!?"

那智抓的是我的右手,左撇子的我拼命想挣脱,由于用力过猛,那智一个趔趄撞到书架上。书、本子哗啦啦从他头上落下。我第二次开门准备出去。这时,被那智从身后腋下死死抱住。

真是奇怪,在这样的时刻,我忽然强烈地关心起那智,害怕刚才书架上的书划伤了他的身体,害怕我的真心是愚蠢的执迷。

"……小雨,拜托了……别走。"

这声音温柔而悲伤，压根不像是两人在吵架。

我瞬间全身发软，被那智紧紧抱在怀里。

那智体格偏瘦，但我觉得他非常非常高大。

那智什么也不说，只有他口中的气息抚摸着我的脖颈。

"放手！"我心中疼痛，声音嘶哑，大叫一声。那智立刻松开双手。

"抱歉！"

那智只说了两个字，打开了门，不敢正眼看我，静静地走出廊沿。

我只听到闭门的声音。

一般而言，这种场合，出去的多是女方，况且这又是那智的房子。想到这里，我为自己的蛮横无理感到难受。

"别走"——这或许是这么多年来，那智最想表达的。不让我离开是那智的愿望，也是那智的善良。这与十四年前的那个他完全一样。这让我陷入深深的痛苦中。桌上的鸡肉蛋盖饭开始发干，我夹一口放进嘴里，索然无味。可是，那智的碗干干净净，一粒不剩。地板上，书、本子散落一地。我捡拾整理时看到一个"雨"字，看看封皮，时间是二〇〇五年——还是我们上小学的时间，字却写得非常工整，有点大人气。

明知不可以，我还是忍不住翻开了。

我其实只是想随便看看，不料，每页都能看到"小雨"两个字。俱知安这地方没有梅雨，可那智的日记里，每天都"下着"小雨：

……

六月九日

国道沿线今天有熊出没，我感到挺可怕的，可大家似乎更多的是欢喜。我跟小雨说"可怕"，她问我"为什么？"，于是我想来想去，也没想出为什么。总觉得小雨和别人不一样，她的说法有点不好理解。

放学回家后，小雨约我去看熊，我觉得和她一起去应该没事，穿过奥姆路，就去了国道。结果真有熊在那里。觉得小熊可爱，小雨跑了过去。这时，一群拿猎枪的叔叔大声向她喊"危险！"，我也害怕起来，拼命喊她"回来，快回来！"，可是，小雨不听，她跑到小熊跟前和它说话。

这时候一头大熊出现了，我觉得小雨要完蛋了。可是我两腿直打战，一步也动不了。小雨可能遭到袭击，可我却只知道害怕。这时叔叔们开枪打死了大熊。

我吓尿裤子了。妈妈来接时我哭了。小雨去了医院，听说没事。我非常放心。可是晚饭是咖喱饭，我却吃不下，还在懊恼：我怎么这么胆小！

上小学后一直被欺负。来俱知安之后，大家都嘲笑我的眼镜怪怪的。我担心会不会又遭欺负时，小雨拿我的眼镜一戴，竟然夸我："哎呀，了不起啊，你每天生活在这样的世界啊。"之后，只要有人想欺负我，小雨就和他急，小雨总是帮我。我非常喜欢小雨，但却帮不了她，还把自己吓尿裤子了。

我是个最差劲的胆小鬼。想见小雨却又害怕见她。

六月十日

今天从家里出来等小雨,她没来,只好一个人去上学了。到学校才发现小雨已经到教室了。但是我无法跟她说话。我等小雨跟我说话时,尾沼那家伙说什么小雨违反了校规,小雨从教室出去了,我追出去一看,小雨躺在医务室里。

我对小雨说:"你没受伤,太好了!"但小雨一脸伤心,我也伤心了。小雨当时问我:"为什么大家还要对我友好?"我告诉她,不管怎么说大家认为还是小雨更重要。可是,小雨突然哭了。我以为是我把她惹哭的,伤心不已。昨天,小雨给我一个包子,我掰开一半给她,她不要。

我也想哭,马上跑到走廊。小雨一直没回教室。午餐我们吃的是粉丝沙拉。刚吃几口突然想吐,我跑进厕所里吐了。

我觉得小雨是不是讨厌我了。我没有帮小雨,今天又惹她哭,真没办法了。送她喜欢吃的薯片她也许会高兴,也许仍不管用。明天我想给她道歉,可是不知说什么好。平时有什么难办的事总是去问她,这下真麻烦了。明天,或者后天等小雨心情变好都行,如果一直不变好,该怎么办?

我的鼻涕又流了下来。

六月十一日

今天没去学校,没见到小雨。不知该如何是好,想了半天。因为昨天的事,决定去小雨家看看。虽然去了,但没敢按门铃,又回来了。

六月十二日

今天也没去学校,不知小雨心情是不是好了。假如好了,她一定会来我家玩的,看来还是没好。

六月十三日

终于等到周一了,可是小雨还是没来叫我一起走。不过到教室后她在,我鼓足勇气说了声"早上好",小雨回了句"早上好",让我有点开心。

可是,除了早上问好,她再也没和我说一句话。

六月十四日

今天轮到我当午餐配送值日生,寻思趁分发果冻时要不要给她说点什么,但最终没有说。不过,我帮小雨捡了掉下去的橡皮后,她给我说了谢谢。感觉小雨和平常一样了,真好。

六月十五日

今天放学后,小雨去电脑室向六年级学长请教什么了。若是以前,她一定会来问我的。一想到这,不由得很伤心。

今天我们什么也没说。

六月十六日

今天和昨天几乎一样,早上也没见到小雨,没一起回家,没一起玩,几乎没什么写的。

六月十七日

今天和昨天一样,没什么可写。

六月十八日

今天和妈妈去了牙科诊所,回家时妈妈说给我买书,就选了一本《哈利·波特大事典》。这是小雨想读的。其他没有什么。

六月十九日

妈妈突然说爸爸要调动工作,问我怎么办。我告诉她坚决不同意。因为离开这里就不能和小雨玩了。

不过,现在也不能和小雨玩,或许结果是一样的。

六月二十日

今天从学校回来时看见小雨在跑,感觉她非常着急,我很好奇就追上了她。结果她去了尻别川。小雨和鸽子阿婆在说话,我吓了一跳。

大家都叫她鸽子婆，平时躲着走，我也有点害怕她，但小雨看上去非常愉快。她们俩谈得那么愉快让我感到失落。

六月二十一日

今天小雨把午餐面包悄悄装进了书包，准是又要去见鸽子阿婆，一起喂鸽子。所以我放学回家拿了两个橘子去了河边。可是，鸽子阿婆在，小雨不在。我鼓起勇气走上前去问她："你是小雨的朋友吗?"阿婆回答道："算是吧。"我掏出橘子送给阿婆，她给我说了"谢谢"，我告诉她给小雨一个，就回家了。

回家和妈妈说鸽子阿婆是个好人，结果妈妈生气地说："不能和陌生人交朋友。"妈妈又开始给我讲谁家孩子被拐卖之类，让我害怕。

她说让我和朋友玩，可是小雨不和我玩，我不知该如何是好。

六月二十二日

给小雨打招呼说"早上好"，她也回了我一句"早上好"。没见她提什么橘子之事，也不知道她到底吃了没有。

六月二十三日

小雨和美琴说话，吓我一跳。好像说什么礼拜天一起去野营，我听后有点伤心。

六月二十四日

尽量不去想小雨的事了。

六月二十五日

今天不去学校,感觉轻松不少。在妈妈催促之前把作业做完了。晚饭妈妈做了肉丁洋葱盖浇饭。

六月二十六日

今天天气特别好,妈妈喊我"去外边玩玩",可是我不知道去哪儿找谁玩。小雨和美琴她们去野营了,能碰上个大晴天真好。

六月二十七日

今天小雨没到校。好像也没和美琴她们去野营,听说感冒了,我有点担心。

六月二十八日

今天小雨仍没来学校,因为担心,放学后去了小雨家。鼓足勇气按下门铃,小雨妈妈出来说"小雨出去了"。我问:"她不是感冒生病了吗?"小雨妈妈问我:"雨子在学校有没有哪儿不正常?"小雨的妈妈也在担心,"这到底怎么回事呢?"我一问,她妈妈告诉我——小雨前天一个人跑去仙台,翻墙跳入动物园棕熊馆舍内——听后我吓了一大跳。那头熊就是我们曾经靠近的那个,我非常伤心难过。

她妈妈还叮咛我这件事要替小雨保密,我点头答应。并告诉她的妈妈"不要告诉小雨我来过"。

我想,小雨是想帮小熊。一个人跑去仙台,我认为了不起、太厉害了。可是,我什么也没做,真差劲。

我去河边一看,小雨和鸽子阿婆又说又笑,感觉鸽子阿婆已经成为小雨的新朋友了。

回到家,我哭了。

六月二十九日

小雨来学校了。

感觉她特别认真,把老师讲的都记在本子上了。总感觉她像换了个人似的。认真学习是好事,可不知为什么我并不高兴。

小雨放学后一直待在电脑室,好像在查什么东西。在图书馆借书,似乎要搞懂什么。我还知道她也看将来工作方面的书。我觉得她很了不起。

六月三十日

今天我也去了电脑室,一名五年级学长教给我使用方法。之后又请教了查看历史记录的检索方法,我就坐在小雨用过的电脑前看历史记录。我知道不该这样做,心突突地跳个不停。然后我就看到动物园饲养员的网页打开了许多,吃了一惊。小雨想当饲养员,将来想照顾那头小熊。小雨太牛了。可是我却干这种类似侦探的勾当，真傻！

七月一日

今天放学后去见鸽子阿婆了，虽然妈妈说过不可以。但我认为她是小雨的朋友，所以不会是坏人。我也想帮小雨。可是鸽子阿婆告诉我"最好不插手那孩子的事"。我问她为什么，阿婆告诉我说："那孩子找到自己最重要的事情了。"我想若真是那样，应该就是那头小棕熊了。

吃晚饭时，爸爸直接宣布他要调动到东京去了。可是妈妈说："尤介不愿意转校，爸爸能否一个人不带家属先过去？"我马上接话表态："我也要去东京。"

小雨已经找到重要的东西了，我觉得这样的结局正好。

七月二日
决定暂时停写日记。

七月二十二日
今天是去俱知安小学的最后一天，大家为我举办了送别会，一起玩了丢手绢和水果篮。之后大家一起合唱《谢谢再会》，最后，老师拿出一张彩纸让小雨送给我。小雨有点迟疑，感觉不大情愿，我很伤心。

心想，我不要那玩意儿。

不过，还是想知道小雨给我写的什么，一到家，感到特别孤单。一想到这辈子可能再也见不到小雨，心跳突突加快。我害怕去东京了，我害怕见不到小雨的日子。我跑向小雨家，小雨还没回来，我就在她家门口等，不一会儿，小雨踢着石子回来了。

看到小雨后，我把想说的大声说了。"杀熊妈妈的不是小雨。"当时我若能毫不畏惧地挡住小雨，不尿裤子守护小雨，就不会有后面的事发生。所以一切全是我的错。我本想说上面的话，结果被小雨一声"谢谢"抢了先，接着她又笑着说："我没事的。"

小雨笑了，我却哭了。

我是男子汉却如此脆弱，怎么也忍不住，泪流满面。

之后小雨说了声"再见"，把石子踢了过来。我本想再踢回去，转念觉得这可能是小雨最后送给我的礼物。就捡起来装进口袋，回了句"再见"。因为眼睛哭红，满脸鼻涕，不能回家，我就绕到小区后面拿出大家的临别赠言来看。小雨在那儿写了一句英语，回家一查，意思是：你，一定能！

我决心改变自己的软弱，所以又开始记日记。

今后通过努力变强大，我要成为一个能保护小雨的人。

You can do it!

看着这强劲有力的笔迹,我合上了日记。

我的心像吸了太多的水,勉强用冷漠的火柴支起一个缝隙,却在下一瞬间被悲伤折断,轰然倒塌。

正如我对"你"的"一往情深",那智君时时刻刻都在想着我——尽管我对那智视而不见,一无所知。

You can do it!

给我橘子,帮我找到那句话的人不是鸽子阿婆而是——那智君。

一站起身,我的头开始发晕,急忙手扶书架。书架一角有什么东西在发光——一个透明瓶子里放着一颗石子——我最后一脚踢飞的那个。

如果今天不看他的日记,估计我永远不会发现这个。

不知何时,我终究蜕变成一个无趣的大人,不,就是一个无情无聊之人!

这时,听到敲门声。

"小雨,我可以进来吗?"

进自己的房子,还向我请示,不愧是那智。

"嗯。"

那智进门,一脸的歉疚。开门进来的动作虽不自信,但我看到他眼神里的坚定,和刚才的那智像换了个人似的。一定是我知道了他全部心意之后的错觉吧。

"抱歉，我读了你的日记。"

把本子放回书架后，那智一下子满脸通红。

"不，是我不好。对不起。我有点……对不起。让你很难受吧……"

"没有。"

我马上回答道。那智的脸更红了。

"对不起。我对那智君一直以来的心意完全没有察觉……"

只能这样说了。我想表达东西很多，却说不出口。

"只是些无聊的胡思乱想，这下也省得我给你讲了。"那智边说边坐到沙发上，屁股轻轻挨着沙发面。

"一定是因为太想要炫耀，我把自己小学的日记放在那么显眼的地方，琢磨着哪天小雨会看到……"

我不再说话。

"以前说的为了保护狗呀猫呀才立志当兽医，那是骗你的。"

那智把那个装石子的小瓶拿到手上，"我也不是单纯只想当兽医，只当月之丘动物园的兽医，我只是……为的是能待在小雨身边。"

我什么也没说。

"师从动物园的桥木先生也是为了这个。看来你也早有预谋，动机不纯啊！"我说，该不该用"不纯"这个词，我也说不清了。

"当两年前小雨成功实现梦想,我打心眼里佩服、为你自豪。"

"可是,我的理想并没有实现!"

"嗯,是的。你说得也对。不过终于能够和小雨再见面了。虽只有短短一周,但我非常幸福。不过,小雨一心只想着雪之介,也就是你心里的那个'你'。这也没关系,我觉得这样也挺好。"

那智说到这儿,长吸一口气。

"我其实做过小雨翻越栅栏牵着'你'的手逃出动物园的梦。"

我吸了口气。

"虽只是个梦,但你却在一步一步准备落实,不是吗?这和过去翻栅栏跳入圈舍在心理上没有任何不同。所以,我去年转入这里的大学,觉得应该守护在你身旁。"

"在身旁监视我吗?"

"是吗?……或许是吧,如果你这样认为的话。和小雨一样,和小雨想帮雪之介逃出去的想法一样,我只想帮小雨。"

他盯着地板的眼神,传出无与伦比的坚定,感觉能把地面刺穿。这种锐利的眼睛我曾经见过——我其实心里早就知道,那智和我怀揣着同样的东西。

"小雨至今也被动物园的牢笼囚禁着啊。"

我和"你"一样被囚禁着?这样的观点闻所未闻。

一出俱知安车站，有着特殊意义的羊蹄山一下跳进我的视线——那一抹深绿也纹丝不动。我只能再次回到这里寻求精神鼓励。我依然有脆弱、不成熟的一面。能依赖的人只有鸽子阿婆，可是她却背对着河床，多少有些不大乐意。

我走到奥姆路，那儿已变成一片田地。

这世界在变幻。无情的现实企图抓住我的肩膀操控我，我想躲避，脚步不自然地走到已显破旧成色的自家门口。

好久没有回家了啊。

"雨子？"

从妈妈唤我名字的声音里也听到了生疏、疲倦——或许是我神经质吧。一定是我的突然造访让妈妈惊得叫不出来声音而已。

"怎么了这是……突然就……"

"休假，闲来无事就回来看看。"

"连休？"

"嗯，我打算住一晚。"

我把双肩包给客厅一放，妈妈兴奋得像个孩子，马上拿出手机给爸爸发短信。

"你要吭一声，你爸爸早退一会儿就能接你。"

"幸亏没吭声。"

我从桌上果篮里拿一根香蕉——肚子的确饿了。

"想吃什么饭？"——妈妈终究太平凡了。面对久未回家的女儿却依然是天下母亲千篇一律的招呼。我的思维模式就是在她的熏陶下形成的，能不平凡吗？不过，我觉得有这样一个平凡的妈妈也不错。

"汉堡。"

我话音刚落,妈妈马上打开冰箱,夸自己买肉馅回来有先见之明。我停下剥香蕉皮,把香蕉放回篮子,走到沙发那里,回答妈妈的问题。工作的、饮食的、其他各个方面的。这次虽是隔了两年才回家,不过半年前见过妈妈——她怨我过年也不回家,就自己在年后来仙台住了一阵。当时就是她一个人不停地叨叨,今天更加过分。感觉她和肉馅的手都没有嘴动得多。可是,过了一会儿,她声音的调子忽然变了。

"雨子,发生什么了吗?"

怎么办?那智的事、"你"的事都不能讲。

自打知道了那智的一片深情,我开始动摇了,这感觉以前从来没有过。事态发展到这一步我自己也没预料到。这是一个涉及我和那智各自人生取舍的大问题,哪个才是正确答案呢?我越想越糊涂,理不出个头绪,我想只能求教于鸽子阿婆才专程赶回俱知安的。这些话当然不能告诉妈妈。虽然我很喜欢妈妈,但从来没指望她给我指点迷津。这一点我很清楚。所以,看着厨房里使劲搅肉的妈妈,感觉有点虚幻。

"我见砂村爹了。"

我想这事得向妈妈通报一下。

"他来那须高原做研究,我过去见他,说了一会话。"

"哦。"

妈妈右手沾满肉末小声应道。

"妈,爸爸他把我看得挺重要的。"

说完才意识到,我把砂村爹也叫成了爸爸。叫了就叫了,两个爸爸我都喜欢,希望妈妈不介意。

"我爹他和你只是想法有点不同。"

"是吧。"

妈妈只含糊应答。

"不过,你们也有共同之处的。我在想……是我对吗?"

厨房传来鼻涕抽吸的声音。

我不再言语。

我想,他们的情谊我算是传达了。

汉堡刚一烤好,爸爸好像掐着点到家了——收到妈妈的短信,据说一路跳着回来的。

"要回家也该提前说一声啊。"

爸爸满脸喜悦地发着牢骚。

马不停蹄赶回家的爸爸,手里依然拎着蛋糕。

和妈妈要讲的话已经完成,吃汉堡时觉得心情特别安适。我把在盒子里已经颠变形的巧克力蛋糕也一扫而光。

爸爸,我想告诉你一个秘密——这种蛋糕不是我的最爱。能这样率性直接讲给爸爸对我而言是件大事。觉得皱纹已经爬上额头的爸爸慈祥可爱,我想,长大成人或许并不是件坏事。

"嗨,爸爸……"

"嗯?"

看着嘴角挂着巧克力的爸爸,说话的念头又打消了。原本想就闯进警察署那天爸爸送我的暖贴向他致谢,可话到嘴边又咽了回去。

"一直以来谢谢爸爸!"

听了这句,爸爸摇摇头不再说话,目光深处充满爱的温存。

我早早起床出了家门。

六月的俱知安,清晨空气依然凛冽,让我感到久违的清爽,身体不免收缩紧张。昨天和父母围坐饭桌,表达了自己的感恩。之后在浴缸泡了热水澡,躺在厚厚的床垫上,时间拖得越久,那智对我的情意便感受得越真切。

我辗转反侧,难以入眠。

鸽子阿婆还在吗?会在河边等我吗?

早先给她的书信一直没回音,不免让我多了另一层担心——她是否生病了?不过,一爬上河堤,粉红色的背影便映入眼帘,宣告我的担心的多余。

"鸽子阿婆!"

不由得大声叫喊,挥手示意。她并不回头,一如既往。我想这是她一贯的做派,不回信也符合她的气质。

"鸽子阿婆。"

我走到跟前后再叫一声,这次她终于回过头来。

"你是谁?"

我一惊。眼前的人是阿婆没错,但却不是我认识的那个鸽子阿婆了。她用奇怪的眼神上下打量着我,我确定她看着我。

"你,谁啊?什么鸽、鸽子阿婆,别开玩笑了。啊,鸽子是我。"

我已经说不出话,一股酸楚涌上心头,下意识过去拍拍她的肩膀。

"别碰我!"

她推开了我的手,明显感觉她手劲很弱。可是从眼神看,她已经用尽全力了。我下意识向后退一步,离开她一点。我全明白了,这既不是玩笑、演戏,也不是阿婆有意躲我,不想理我。鸽子阿婆的眼神犹如在空气中游动的金鱼,一片茫然,声音里也充满胆怯。

那散乱茫然的眼神让我确信——鸽子阿婆因老年痴呆,完全失忆了。

我向后退一小步,再一步,就这样一步一步后退着依依不舍地离开鸽子阿婆。本想请教她,让她告诉我到底如何抉择。可是,真正的鸽子阿婆已不复存在。"这世界在变换,但人、人心不变"——这曾经藏在心里某个角落的台词如今变成幻觉,成为我的臆想。看来我依然幼稚,我感觉浑身乏力,又一次犯恶心。不知如何是好,接下来的人生如何展开,不再有人指点迷津。鸽子阿婆的记忆中已不再有我。

只能听到河水流动的声响,感觉自己耳根渐渐濡湿。泪水的冰凉让我知道自己又一次身陷茫然时,我听到了别的声音。

曾经听过无数遍的、细碎而温暖的声音。

我看见了阿婆的孙子小青。

阿婆的身影已经变小,在她对面宽阔的天空上,微弱的声音在不断叠加、汇聚,渐渐形成大合唱,正如我们全班合唱的那首《再来一次,精彩的爱》——灰色、黑色、褐色、白色,这些不起眼的小躯体覆盖在空中,用不同颜色的翅膀合奏着一曲交响乐飞了过来。

鸽子阿婆两手伸进口袋,然后用力抛向天空。

面包碎片像有了魔性一般在天空飞舞。

鸽子们在欢呼:再撒、再撒,再多多抛撒。

阿婆纤细的胳臂,不断落下又扬起。

感觉随时都可能折断的胳臂,一次一次坚决有力地扬起。

鸽子们在欢呼、在欢唱。

阿婆也笑了,一直在笑。

"你这次回家精神看起来不错,真好!"

"嗯,所以说嘛,请爸爸不用担心我。我这次不请自来,也得不请自回。"

爸爸要送我到机场,我明确拒绝后,两人没辙,无可奈何地笑笑。

"欢迎下次继续不请自来"。爸爸带着不满的口气向我挥手告别,妈妈又在一旁抹眼泪。

我心已决。

鸽子阿婆虽然不记得我了,但她用行动回答了我。

即使失忆,但她对鸽子们的爱依然不变。

看到她那坚定的笑脸，我的心不再摇摆。

第二天早上我八点进园，换上工装跑向圈舍——"你"还在酣睡。墙头只剩三个松塔。峰姐终究是个好人，感谢她没有动我们这些有特殊意义的信物。我暗自在心里为"你"的鲁莽向她赔罪。轻轻开门，可是"你"还是醒来了。

"早上好！"

亲切问声早安，"你"的回应声更加亲切。

"早上好！"

我拿起两个松塔，"你"看了一眼剩下的最后一个，听到我说："还有一次了。"

"嗯。""你"高兴地回应一声。

我轻松扔掉两个松塔。

远处能看到园长拿扫把清扫的身影。一开始不理解，现在终于明白其中原因了。

我们两人虽然走着截然相反的人生道路，但却都在守望着同一个地方，为了守护着谁而活着。砂村爹一样，那智还有我也都无一例外。

萤火虫的光亮告诉我到了闭园下班时间。我一边听着虫子叫，一边为"你"切好明天的菜，尽量多准备，把切好的菜放在寝舍外，把艾草等干草堆放在里面，园里的工作就算结束了。我从双肩包里取出一个大瓶子，使劲拧开盖子，与那智君的美好回忆直冲泪腺，还有砂村爹那不好意思的背影一起浮现在眼前。我将蜂蜜倒入食盆。缓慢、无声滴落的琥珀色在黑夜中闪着光亮。蜜蜂的劳动成果——介于液体与固体之间的蜂蜜在向外流动,我似乎从中看到了生命。

"这是我能够送给'你'的最后礼物了。"

说罢把蜂蜜端到'你'面前,"你"仔细用右掌掬起来送入口中,舌头迅速一舔,发出诱人的卷舌音。

本想问"你"和平时吃的有什么不同、好不好吃,想想还是算了。"你"的眼睛已经告诉我答案了。像发现宝贝一样闪着惊喜的亮光,我的眼睛因为紧紧盯着看"你",估计眼神也早已变成彩虹似的七彩斑斓了。

"好好吃吧,夜半我来接'你'。"

这话刚一出口,"你"咕噜点了一下头。

"我等着。"

说得太轻巧,我没能看到"你"的表情。

离开动物园,我乘地铁到仙台站前不动产公司,通知他们我一个月后退房。

"是吗?知道了。"他们的回答完全公事公办,我很快离开那里。

我用纸箱收拾整理房间的东西。随手拿起一本考饲养员时拼命攻读的书。随手翻开,才发觉当时画得密密麻麻的资料现在已毫无意义。留着也没用,全扔了吧。这么一想,转眼觉得房间的所有东西全都变成垃圾。我将食物、餐具、厨具、洗洁剂、洗发剂、厕所刷等全部装进付费垃圾袋,拿了几件西装装进双肩包,其余衣物全部塞进垃圾袋。

这世界上似乎没有哪样东西不会变成垃圾。

当我的手伸进衣柜里面,碰到一个硬物,拽出来一看是驯鹿角。三太园长送的这纪念品让我左右为难,我不知道它属于可烧还是非可烧垃圾,我有点舍不得,决定留下,就装进了双肩包。

我扔的东西在垃圾放置场堆积如山,其中最多的还是工作中的资料、书籍。纸张堆积起来的景色,有点札幌、仙台城市建筑群的感觉。站在它面前,原本小小的自己,感觉一下子高大了起来。我步伐坚定地回房间时,那智站在门前。

看到空空如也的房间,那智一脸愕然。

"真的要一走了之?"

"嗯。"

我想从冰箱里拿出杯子装凉茶,才发现杯子全部扔掉了。正不知该如何是好时,那智开口说道:"请重新考虑一下。放走雪之介,真的是为它好吗?"

这是我从一开始早就考虑过的问题,而且考虑了不知多少遍。我不想挂在口上,而是想用行动告诉他。看来上次还是没能把我的心思传递给他。那智君继续说道:"一直在动物园长大的它回到山里能捕获到食物吗?睡哪里?它不会因无法适应而死掉吗?"

"没有问题。"

"你怎么知道?"

"你亲口说过的,我能听到它的声音。"

我如实相告,但那智并没有表现出丝毫惊奇。

"那或许……只是小雨你的……臆想而已。"

那智为了不伤害我,犹豫着谨慎选择措辞。

"这世间所有事情全部都只是臆想!"

我把鸽子阿婆的话原原本本搬了出来,那智沉默了。

"上面的话是鸽子阿婆以前讲过的,我也认同这种观点。不过,我想现在或许稍有不同。"

让我发觉不同的仍然是鸽子阿婆。

"阿婆对那些鸽子的感情不是臆想,园长对动物的感情,我对雪之介的感情也都不是臆想,全是真真切切的。"

现在我可以确定地说,我坚信这一点。

"那智君,你说过我也被囚禁在牢笼之中的话,我也有同感。不过,正因为如此,我才要和'你'一起逃走。"

"……我对小雨的情意也绝不是臆想。"

那智的声音里有一股坚定的情感。

"不可能一起逃离的!你若逃离或放走雪之介,你的人生将陷入孤立,你能接受那样的现实吗?"

"可以。让'你'变成孤儿的……"

"你可以,但我不可以!"

因为让"你"变成孤儿的是我。这是我想说的,结果被那智打断了。说话被那智打断还是头一回。

"我,上高中时,马上,马上就上高中时……"

说到这儿,那智停了,声音开始微微颤抖。

"不行,还是说不好。你稍稍等会儿。"那智说罢跑着离开房间。

我把凉茶收回冰箱,坐在床上,盯着地板看,感觉地板上开了个大洞。

那智很快回来了,从双肩包拿出笔记本,翻到其中一页指了一下说:"读这段"。

比前一阵看到的字迹明显成熟许多。好像是高中时的日记。不知道那智为什么说不出口,我看了第一行就全明白了。

十二月十四日

在涩谷买完参考书往东站走,就在我的眼前,一辆卡车冲了过来。走在我前面的大人们纷纷被撞倒碾压,有的直接被撞飞到商场前。不知发生了何事,当时我吓傻了。这时,从车上下来一个男的,嘴里叫嚷着什么,意思也听不懂,手里挥舞着刀子。大家惊慌失措,四处躲避。这时,有一个女的与人碰撞跌倒了。我脑子里刚刚闪过危险二字,那女的就被刀子捅了。一个男的想上前阻挡,也被刺倒。看到这惨烈的场面,我想到了那时的情形,没能阻止小雨前去近距离接触小熊,然后大熊被枪杀那天的情形,异常清晰。罪犯在追逐其他女性,听到一阵恐怖的尖叫声。必须有人帮她们,可是,我的腿动不了。

我不想死。现在的我和小时候那个吓得尿裤子的我完全不同,我应该去做些什么,我不想死,但是为了阻挡这个恶魔,就算死又如何呢。但是……我不能死。我想起了小雨。那一瞬间我的懦弱登上了精神的顶点。

我喜欢小雨，真的希望能够再见她一面。

我今后还要保护小雨，我不能死在这里……

……我是一个自私的家伙。

如果真有上帝、神灵，他们会饶恕像我这样的人吗？

……

……

每当想起我又一次的懦弱，内心就无法面对自己。

我想自杀。

希望有生之年我还能见到小雨，否则，今天的懦弱将会是我心中无可饶恕的罪行。

合上笔记本，我感觉自己呼吸不畅。

"那天的我……简直像一个懦弱的废物，不是吗？"那智低着头。

我马上摇头表示不。怎么会呢。其实在那个场景里，一个普通人，就算逃离现场也没什么，完全可以挺直腰杆说自己没有错。可是……

我忽然感觉到，那智对我的感情似乎超越了他自己的生命。

"……谢谢，谢谢一直以来你对我……"

我不知道自己该说什么。

不过，若换成我在现场，一定也一样。我会为了"你"而保全自己活下去，我一直这么想。

原来都一样啊。十四年来，被囚禁的原来不只"你"和我。

"那智君，你不用再说了……那智君也该从牢笼之中走出来了。"

我缓慢地说，那智不再说话。

沉默在延续，但我已经不再害怕。我拿出砂村送我的放大镜，把它放在那智手上。我留着已经没用，又不能扔掉。

"明白了。小雨的心思我算是明白了。从现在起，我放弃为了你而阻止你的念头。接下来，请小雨听一听——这是为了我自己，只为我自己的一个自私任性的想法。"

我一点头，那智便说道：

"我和你心目中那个'你'，小雨更喜欢谁？"

"什么'更喜欢谁'，什么呀！我对'你'怎么会有人类'喜欢'那样的感觉呢。"

我边说边觉得自己心里的动摇，越说越觉得自己心情激动，无法平静。我开始大口大口喘气。

"确定不是喜欢，那便只剩下爱了。就是说小雨一直深爱着心目中的那个'你'是吗？"

那智这么一说，我才承认：我爱"你"。

这之前，我从来没从这个角度想过这个问题。虽然没想过，但或许真有可能。当然这和喜欢、恋慕之类的人类情感不属同类，但确实或许就是爱。我并不知道爱是什么概念，如果说这就是爱,那或许就是。

"那智君,相爱是什么意思?"

我一问,那智直直地盯着我的眼睛看。

"不清楚。我只知道我爱小雨。所以,请你留下来。"说罢,那智从双肩包里取出什么,递给我。

"打开看看。"

一个小盒子。一看就能猜出来里面装着什么。我对那智已经了解得太多,虽然脑子一时半会儿没跟上,但从那深蓝色的天鹅绒盒子也能猜出个八九不离十。我战战兢兢拿在手上,打开小扣揭开盖子。

不出所料,一枚戒指躺在里面,但我依然惊得几乎停止呼吸,一下子愣住了。

"小雨,和我结婚吧。"

我发愣并不是因为语塞,而是因为那枚戒指,对如今已经长大成人的我实在太特别,完全出乎预料。

我默不作声。那智轻抚我的左手,正如我抚摸"你"一样,轻轻地、静静地。那智右手拿起戒指,打算把它戴在我的无名指上。

可是,戒指没有成功戴进去。

"还是不行啊!"

那智扑哧笑了。我能看出来他笑中的苦涩,就像是明白了我的答案一般。

"因为我长大了的缘故呗。"

我也笑了,为自己的长大而苦笑。

不过那智的心意还是让我欢喜，我似乎变回了小学生，脸蛋变成了红苹果，心中感到喜悦。

"谢谢!"我认真地回看那智的眼睛，"在我的内心深处，我知道我深爱着'你'。"

那智默默点头。

他的眼神亲切而坚定。

"太好了。幸亏没买价值几十万日元很贵的戒指。"

那智不好意思地穿上鞋子，打开玄关门向外走去。

"再见。那智君!"

想起那个夏天，相同的告别语，那智的回答也不曾改变。

"再见。小雨!"

然而，当年软弱的那智看不到了。假如脚下再有一颗石子，我想那智或许会一脚踢飞，不会弯腰再捡的。

门关上的瞬间，我把无名指含在口中，舌尖上顿时感到一股甜蜜在扩散，好像眼前出现一望无际的白薯地。咔嚓一声甜甜圈破碎，不知这声音能否传到那智的耳膜。

戒指美味无比，但对今天的我来说，多了些眼泪的咸味儿。

一切按照计划进行，没有疑惑、没有紧张。

我足足睡够三个钟头，不再犯困，有的只是满满的干劲和斗志。

到达动物园是晚上十一点。一到通用门，执勤保安马上过来开门。

"出什么事了吗?"

"雪之介情况不对,值班室刚给我打电话了。"

"哦,那可真是麻烦,辛苦你啦!"

我心里暗暗向这名细心的保安致歉。

到办公室时,莲见正在看电脑。

"哎,这么晚你怎么过来了?"

"今天雪之介样子不大对头,晚上心烦意乱睡不着,后来一想今天正好你值班,就过来了。"

莲见马上点头道谢,笑着说:"是嘛。小雨工作真热心啊!"

"你才是呢!这么晚还在学习吗?"

我瞄了一眼电脑,桌面显示科比特河马的相关论文。

"没有,只是消磨时间。"莲见这一点真了不起——对自己的拼搏努力总是轻描淡写,"我陪你一起吧。"

"不用,见到生人那家伙会兴奋的。"

我笑着谢绝。"也是啊。"莲见说着又回到她的椅子上。

我从钥匙盒里把圈舍和卡车钥匙一起取下。

"我去看看,要没事的话我就直接回去了,不想打扰你'消磨时间'啊。"

"好,好。那你也努力'消磨时间'去吧。"

听着莲见亲切的声音,我停下了脚步。

"那个,莲见。"

"嗯?"

"我也认为花见很幸福!"

这是我最想说给莲见的,她没有说话。

"另外,下次要进园的科比特河马也一定会很幸福!"

莲见一直看着我的眼睛,然后扑哧笑了出来。

"谢谢!"

她圆圆的眼睛看起来漂亮极了。

我鼓起勇气,钻进停在后院的卡车驾驶室,将变速器打到高挡,快速下坡。和着部分动物的叫声,我做了深呼吸。在"你"的圈舍前停车,钥匙插进锁孔,我静静打开圈舍门。铁格栏杆对面,你在等候。

"久等了!"

"嗯。"

看着"你"的眼神,我才确信这一切不是我的臆想。我拿起最后一个松塔,递给"你","你"却不要。

"现在我们要回山里,回你出生的地方了!"

"嗯,回家。"

"你"的声音像初雪般干净。

"要一直待在车里,空间比较狭小,能忍受吗?"

"要多久?"

"直到太阳爬上天空,外面一片光亮时吧。"

"嗯,知道了。"

"一定要保持安静,否则,我只好又把'你'送回这里。"

"嗯,知道了。"

"你"的语言变得礼貌起来,有点过去那智的味道。

我把准备好的艾草铺到卡车货厢，把装满青菜的盒子也放进去——一切准备完毕。

"好，准备出发吧。"

我将手搭上围栏铁门，铁栏杆噶嗒噶嗒作响，脚下也开始摇晃。轰鸣声越来越大，我回头一看，眼前出现一条铁路，远处火车头开了过来，手上的铁栏杆变成了扳道杆。一抬头，"你"就坐在铁轨上，另一条线路被黑暗笼罩，我定睛一看，这些就是我至今以来的人生轨迹。

轰鸣声，火车头在迫近。

黑暗中人们的脸虽然模糊，后来渐渐能够辨认了——全是我的亲人、熟人。我不敢正眼看他们，不能再犹豫，火车头通过我眼前的一瞬，我用力拉下扳道杆。

吱的一声，铁门打开。

"你"站了起来看着我，高大的身躯几乎挡住了我的视线。我不再动摇，已经打开圈舍的双道门。"你"放下前腿，跟在我后面缓慢走了出来。

没有人，也没有声音。

还未入眠的动物似乎也都心领神会，安静地守望着我们。

出了圈舍，"你"停下了脚步，仰望星空像是在寻找月亮，然后缓慢上了卡车货厢。我打开驾驶室车窗，夜风拂面而来，仙台清澈干净的空气撩起我的长发，随风飘拂。我从后视镜里看货厢的小窗户，你正蜷缩在黑暗之中——早该让你出来多多呼吸这新鲜的空气了。天空虽晴朗，但漆黑一片。

"辛苦啊,路上小心!"

我告诉保安,明天一大早要去拉一种特殊饲料,保安便毫不迟疑地打开了大门。我在心里再次向保安致歉,说了声对不起——我们顺利走出了动物园。

在我的公寓前停车,我跑步回房间,把从亚马逊购买回来的深绿色罩布抱了下来。借用垃圾投放场的梯凳,从车后厢顶部把罩布盖了上去。厚厚的大罩布比想象的要重,弄好之时我已经累得满头大汗。深更半夜干这种事,若被人看到一定觉得我形迹可疑,若再弄出点什么声响,可能马上就会遭到举报。想想自己都感到后怕。不过好在"你"一直安静地待在车厢里,这给了我力量。虽然折腾了不少时间,但卡车被厚厚的罩布盖得严严实实,"月之丘动物园"几个字已完全看不到了。时间不容我停歇,我马上拿出改锥把车牌换掉,原车牌装进双肩包后轻轻敲了一下后厢门,告诉"你""车又要开动了,坐好了"。

"嗯。"

虽然平淡无奇,但"你"的回答总是给我勇气。

看一下表,时间已经进入六月九日了。这是"你"和我相遇之日,也是我的出现让"你"失去妈妈的那一天。从那一天起,整整过去了十四年。

感觉既长也短。

十四年来,我的生活一直笼罩在伤感的阴影里。说短完全是自欺欺人。无论怎样、无论从哪个角度去想、去看,十四年对我来说都太漫长了。沿着岁月的轨迹回溯，在俱知安的日子极其短暂——时明时暗的橙色街灯像走马灯似的勾起了过去的回忆。

沿汽车国道东北线直向北进就能到达本州最北端。我紧握方向盘，油门一踩到底。沥青路面平整，两边路灯无限延伸。我不禁为人的伟大而感慨：修这条路不知花了多少人力，工人师傅流了多少汗水。同时，为了汽车这种快捷的移动装置，人类不知要削平多少土地，砍掉多少树木，夺走多少生命，这让我的心情不免又沉重了起来。

为了救"你"，我却驾车飞驰在这条不知牺牲了多少生命、让多少生命无家可归的道路之上。

犹如被投进宇宙黑洞里一般，我无法再往下想，但车速不减。每次看到距青森还有多少公里的路标里程，我又一下子恢复了思考。以前再怎么用功、再怎么努力感觉一天也只能进步几厘米似的。可是，现在一小时一百千米，一秒就前进二十八米。这种速度又有哪种动物可以匹敌？风吹打到脸上让我感觉到一丝刺痛。通过服务区时，我不踩油门，不用给车后说话，关闭收音机，仔细听发动机的声音，判断一切是否正常——全速前进是我现在的全部工作，能够追上我们的也只有天空的月亮。

下了高速路，右手侧天空已露出鱼肚白，太阳即将露脸。这一切在后车厢里的"你"自然不知，我也无暇欣赏这日出的美景。趁着难得的信号灯间歇，打开窗户做深呼吸。似乎感觉码头就在前面不远处，已经能够嗅到滨海码头的香气了。我加挡走了没多久，便看到远处海面上漂着一艘纯白色的轮渡，巨大的船体对旭日阳光形成反射——现在已经过了四点，离出港还有五十分钟。

一切按预定计划推进，近乎完美。

我把卡车开进中转站，拉好手刹，打开后车厢，"你"正蜷缩在艾草窝里。虽没有朝阳射进来，但外面的光也让"你"的眼睛眨巴个不停，因为"你"已经在黑暗的后车厢蜷缩了四个多小时了。

"接下来要过海，坐大轮船过海，绝对要保持安静。"

"嗯，明白了。"

说罢，"你"又把头埋进艾草垛里。

我不知道"你"是否真的明白，感觉"你"的"明白了"只是一种富有魔力的咒语。我不想用魔力这个词，感觉有负面印象，我想是否可以直接用"熊力"更为妥帖。

再有几个钟头就好。我在货物一栏填写了青果——但愿这是我人生最后一个谎言。

因为是青果，也没有人开车厢验货，通往轮渡的门轻松打开，汽车从搭起的小桥上缓缓开过去，一路咯吱咯吱叫着开上轮渡。里面面积开阔，让人无法想象这是条船。待会儿这个停车场将整体启动。我再次感叹人类的聪明才智。按指挥调度把车停到指定位置。所有司乘人员被领进上面一层船舱。从车旁经过时，我轻碰罩布，小声告诉"你""不能乱动！"虽然没听到那标志性的应答，但我并不担心。为了节省开支，整个计划都是以最节约的方式进行的，我没有购买独立船舱——接下来我将面临巨额索赔。虽然不只是经济赔偿问题，但一定有只用钱就能解决的办法。因此，我要把节约的想法贯彻到底。节约归节约，在轮渡内的募捐箱里，我还是捐了一个成年人的票价。虽然你的体重远远大于一个人，但生命的分量是一样的。

一声巨大的汽笛声，巨无霸轮渡开动了。轮渡横切津轻海峡。我住在经济舱女性专用区的大房间。这里用一面粉色墙与其他区域隔开，连里面的毛毯也全部是粉色，以此表明女性专属，这令我极不舒服。不过，和"你"待的后车厢一比，还是这里稍好。说起来，"你"自从上了卡车，离开动物园就一直困在那暗黑的狭小牢笼之中。

本应抓紧时间，养精蓄锐，但我怎么也睡不着。我出了房间在外面转，不知不觉就到了通往下一层的楼梯口。

"你"就在这下面。

我的腿不由自主往下迈。虽没多想，但还是轻手轻脚，就像突然变成了猫科动物似的，本能使然吧。明明看到了"航行期间，禁止入内"的门牌提示，但又是本能驱使，我的手还是搭上了门把手，轻轻一扭，门居然开了。

这种明知故犯的错误，我平时是绝对不会去做的，今天却鬼使神差地走了进去。到现在为止，本来事情发展顺风顺水，怎么我现在却不顾大局，还要节外生枝，自找麻烦呢？不应该呀。一旦被人发现车内的"你"，十四年以来的所有努力将毁于一旦——绝对的不明智之举。或许哪里有警务人员，或许某个角落装有监控镜头。但我还是不顾一切地跑向

"你"。门上没有上锁,若不是疏忽,或许是有意设下的陷阱,等着我往里跳。可是,我无法阻挡自己跑向"你"的步伐。我找到卡车,轻敲了几下,听不到声响,解开罩布绳索,开门,尽量把声响降到最低。我跳进黑乎乎的后车厢,马上闭上车门。借着从驾驶室小窗户透进来的微弱光线,隐约能看到"你"的轮廓,听到"你"睡觉的气息,伴随呼吸有节奏的身体起伏。

我在"你"身旁坐下,不知何故发现自己手心冒汗,和"你"挤在一起这种事情又不是头一次。

"到了吗?"

"你"茫然睁开眼问我。

"还没有。"你"能睡着真好!"

我这么一说,"你"打了个小哈欠,又闭上了眼。很快又听到"你"进入梦乡的气息。能在我身旁安然睡着这让我放心、高兴。仔细听"你"的呼吸节奏,一手搭在我胸口,让节奏同步合拍。轻抚"你"的毛发,尽可能不影响"你"睡眠。我的手指从"你"的指甲到掌心再到手腕,再到腋下、胸脯。在不影响"你"睡眠的前提下,我触摸的面积在不断延展,我几乎用自己的两只手抚摸拥抱你,这也意味着"你"用身体拥抱了我。

闭上眼睛,我感觉身体得到了释放,一下子变得飘然若仙。

我独自一人站在漆黑的草原之上。一望无际的天空一片灰蒙蒙的,什么也没有。我抓一把草才发现黑色并不只是因为没有光源，草茎断面居然也是黑的。我胡乱抓一把土，里面有条黑色的蚯蚓，叫不上名字的小虫子在手心里不紧不慢地爬动。草"沙沙"摆动犹如波浪。我躺上去用脸颊触摸，渐渐感觉到温热，淡淡的土香从我手上随风飘走。

讨厌。我的精神世界一片漆黑，眼前的空间狭小，充满黑影，"你"就在眼前躺着。脑海中的画面里，出现了卡车、轮渡……

我猛然起身。

我居然睡着了。又一次在"你"身边睡着了。慌忙打开手机，月之丘动物园几个字跳了出来。人工照明的光线依旧苍白无力。

暴露了？现在几点？我环视周围，目光再回到手机，时间显示八点五十。我从小窗户向外窥探，好在前面的车还在。

这时外面传来 all right、all right 的指挥声音，车辆已经开始离开轮渡。我悄悄打开门，看到乘客在陆续各自上车。

"一定保持安静啊！"

给还在熟睡中的"你"叮咛一句，我从后车厢下来，神态平静地进到驾驶室，前车正要移动。我调整呼吸，打开手机，有六条短信，其中一半来自园里，另三条号码虽未标注，但我对那十一位数字有一种莫名的恐惧——我确定那是园长的手机号。

我再次在心里给自己壮胆：没事的。这种结果是必然的，一切都在预料之中。园长的这一通电话将我从睡梦中叫醒,算是老天对我的眷顾、护佑。我把安全带再紧了紧,向船里的出舱引导员点头示意,平稳起步。

刚一下轮渡,阳光便破窗而入,天空一片蔚蓝,把北海道的金色映入了蓝色的大海中。我打开窗户表示感谢——函馆①清爽的潮风向我们表示欢迎。大街上,从早市满载而归的人们熙熙攘攘,个个脸上洋溢着幸福。穿过这条街,我看见一个红色邮筒。我从双肩包里拿出三封信塞进邮筒——这些是写给妈妈和爸爸、砂村爹以及昨天刚刚写给园长的谢罪信。

再往前走几分钟,我便看到大沼国道几个字。大沼国道是五号线的别名,五号线不知从何处开始叫羊蹄国道,是通往羊蹄山——"你"的故乡的道路。沿这条路需再走三个小时。这最后三个小时的车程对我而言既长又短,五味杂陈。我实在搞不清楚该用"还有"还是"只剩"三个小时,感觉用哪个都令人焦虑。

现在,月之丘应该陷入混乱状态了吧。我一边换挡,一边想象远方的仙台的情况。

最初,只是发现我没来上班,打电话确认了解情况。可是,接下来就不同了——峰姐代我去圈舍做日常管理。可以想见,当她看到空空如也的圈舍,会发出怎样的惊叫。她有

---

① 函馆一般指函馆市。北海道岛西南部的滨海城市,面积677.81平方公里,人口25.1万,是北海道人口第三多的城市,仅次于札幌市与旭川市,是道南区域的行政、经济、文化中心,北海道政府的派出机关,渡岛综合振兴局办公室亦位于此。

可能腿发软,坐在地上给园长汇报异常情况。消息迅速在饲养员之间传开,园内一片骚动。莲见的电话应该被打爆——她又会如何汇报?动物园会临时关闭吗?若真那样实在对不起游客啊。

在进行园内搜查的同时,动物园的人会马上给警察和消防部门报案,两部门接到报警后会立刻前往动物园进行现场调查取证。还有那名值夜班的保安——昨天深夜,雪之介的担当饲养员驾驶园内卡车出园。

不,园长在听到保安汇报之前,甚至在给莲见打电话之前应该已经会有预感——我会放走雪之介离开动物园。

目的地也没有秘密可言。园长现在究竟会考虑到哪一步这是我必须想清楚的,所谓知己知彼。她多次打电话我不接,会不会打开我的衣柜,里面有砂村爹的地图,上面有那智用红笔标记的×印,按图索骥便能找到砂村爹。

我打算进入五号线,将车并向左车道。就在这时,听到短暂的警笛声,从后视镜看到那刺眼的红色警灯。

"前方的卡车司机,请停车。"

扩音器的声音穷追猛打,我一下子僵硬了。

我胸口像被插了一把钢刀一样,动弹不了。

怎么办,逃跑?电影中汽车追逐的场面镜头掠过脑际,瞬间,脑子断电。我是否已经被通缉?不应该啊——我已经为此专门伪造了车牌,不应该过早地暴露啊。或者忘记紧螺丝了,螺丝没拧紧,伪造的车牌经不起长时间颠簸抑或是园长她……知道我要去羊蹄山,利用手机 GPS 锁定了我?可是我一直关机着啊。难不成只要有电源就会有微弱的信号？

没有搜查令就不能随意搜查……这是真的吗？

这说法靠谱吗？

园长？

伪造？

GPS？

电波信号……

仅仅数秒时间，各种假设像暴雨一般倾盆而下，浇向我的头顶。

五号线就在眼前，羊蹄山国道就在眼前，像我这样表情僵硬，警察一眼便能看穿。他们打开后车厢门的那一刻，将宣告game over，人生结束。

不是我的，而是"你"的。

我的手在颤抖中降挡，绝望地把车停靠路边，警车旋即从后面追过来。

"车篷布开了。"

我的僵硬仍未解除，腿打着战下了车。

"对、对不起，谢谢!"我努力调整，恢复平静，系好车罩布。

"注意安全!"

警官嘿嘿一笑提醒我。这时，咣当一声，卡车一晃。是"你"，"你"在动。年轻和年长的两名警官同时看着货厢。

我的心脏快要跳出来了，血液瞬间上头。

"车里拉的什么呀?"

我答不上来，可是必须回答。如果继续沉默，一定会引起怀疑。

"是驯鹿。"

"驯鹿？"

两位警官一齐下车走了过来。

"岩内有一个驯鹿公园，你们知道吗？给那儿送的。"

"啊，我听说过。"

年长的那位手搭在货厢上，"能不能打开看看？"

完蛋了！他说话时兴趣十足。

这时，又是咚的一声。"你"好像察觉了外面这千钧一发的情形，想要出来帮我解围。

这次我真的紧张到心脏快要停止跳动。

"那家伙现在好像正亢奋着呢。有点危险，最好不要打开车门。"

警官一直看着有点语无伦次的我。

完了！他们一定怀疑上我了。

"这样吧，把你的驾照拿出来看看。"

我去驾驶室拿驾照，递驾照的手也有点颤抖。我从后视镜观察，那名年轻警官在车厢一侧站着，我现在开车强行逃跑，等他回去开车应该有点时间差，能闯吗？年长警官就在我身边，他试图从小窗口向里看，但黑乎乎一片，是"你"的影子在动。

只能放手一搏了，我打算驾车逃跑。我左手抓住变速杆，手心却直冒汗。

"什么呀,你为何这么僵硬紧张,害我们一直以为你在撒谎。"

警官慢慢笑了起来,手伸向副驾座。

"哎?"

我扭头一看,驯鹿角静静地躺在双肩包里,露出尖角。

心脏恢复跳动,我得救了!

"啊、啊,不,我自小就怕警察,一见警察就莫名紧张。"说罢,我强装欢笑。

"你过去干什么坏事了吧?哈哈哈,好了,路上小心!"

警官伸手摸了摸驯鹿角,返身走向警车。

风很凉爽,但我的身体却像要融化掉了一般。

死里逃生,化险为夷,托三太园长之福!

肚子咕地叫了一声,像在告诉我:我还活着。昨晚到现在,我什么也没吃。我去附近加油站给车加满油,上了趟厕所,洗手洗脸让自己恢复平静,我买了一个看上去最甜的大面包准备犒劳自己。当我走向汽车时,一个青年走上来搭话。

"您来自仙台吗?长途跋涉辛苦了!"

像是个高中生,皮肤晒得黑黑的,但很细腻。

"啊,是的。"

他爽朗地笑笑,使劲帮我擦拭玻璃窗。我突然问他,"你为什么在打拼?"

"啊,还不清楚。所以,也只能先做好勤工俭学。"

单纯的脸上放着光彩,没有明确目的仍能努力打拼,很了不起。

"从仙台来运的什么啊?"

这时,手机又开始振动,像是酒瓶相互挤压发出的声音,令人讨厌。电话是园里打过来的。我打开手机,用力直接一掰,咔嚓一声变成两片。

"麻烦你帮我把这个扔掉。"

年轻人接过手机时眼睛圆瞪,一副漫画中的表情。

"熊。"

"哎?"

年轻人接连受惊。我之所以给他讲实话,是因为他单纯无邪的眼神。

"不是搬运,而是带它回家。"

能改变一个人意识的终归还是人,哪怕是陌生人,哪怕不经意的一句话。人只有靠人去改变,不,不只限人,只要是生物就能改变一个人。

"那你带它上哪儿去呢?"

"去马库西莫夫卡。"

不知什么时候,俄罗斯的这个城市名像魔咒一样深深印在我的脑海。如今想起仍令人感怀,心里发热——将来有朝一日等我还完动物园的债务,我想独自一人去这座城市看看。

马库西莫夫卡到底是个怎样的地方,住着什么样的人呢?

有没有熊也住在里面呢?

沿五号线向前走,住宅越来越稀少,只剩下大片大片的田地。这每一片土地上一定装满各式各样的人生,不单是现在活着的,从屯田兵①起就连绵不绝延续下来的人生。不,屯田兵仍不是最初,再往前推应该从阿伊努人②就开始了。想到这里,我突然意识到,其实无论乡下或城里还是马库西莫夫卡,对于某一个具体的生命而言,地球上的每一个地方都有可能是令他们心驰神往的故乡。

前方出现一个隧道。

在我眼里,隧道不单连接两个空间,同时还是连接现代人和祖先生活的巨大通道。隧道遮天蔽日,连人带车像是被吸进黑洞一般令人恐惧。人工照明的橙色灯光让眼前的世界为之一变。这条隧道像人生一样又长又黑,看不到尽头。我开始胡思乱想。若隧道就这样没有出口会怎样?若隧道洞口坍塌,我们被困里面,在这人工制造的洞窟中,沐浴着想象出的一抹夕阳,就能永远和"你"在一起,不再分离。

眼前一下子亮了,我也回到现实中来。

刚才又做了最坏的设想打算。出了隧道,我将油门踩到底,不久,右手侧便看到大沼的风景。怎么看都不该叫什么

---

① 屯田兵是为北海道的警备和开发组建的民兵组织,在开拓使次官黑田清隆的建议下设立于1873年(明治六年)。
② 阿伊努人是日本北方的一个原住民族群,居住在库页岛和北海道。"阿伊努"一词,在该族语言中是"人"的意思。在旧石器时代末期或新石器时代早期曾广泛分布于日本列岛。

沼,这里其实是一片美丽的湖泊。这时另一个我跳出来反驳:"叫沼怎么了,谁说沼就不美了?"最后我对自己妥协了,觉得叫大沼也没什么不妥。

离俱知安越来越近,我感觉儿时的我又回来了。

翻过一座小山包,我眼前出现一个大大的高尔夫球场。招牌上用时尚流行的字体醒目地写着"乡村俱乐部",形象代言动物正是一头笑容可掬的熊。而真正的熊既没笑,也无处发泄怨气,它好像在哭。高尔夫球场就是一个大自然的破坏者,人类欲望的肿瘤。我对高尔夫球场一直没有好感,甚至感到气愤。如果说动物园是否有存在的必要曾让我纠结过,我可以轻松断言高尔夫球场那玩意儿实在没有存在的必要。

感觉周围景致焕然一新,既不是家乡的情感因素,也不是因为长时间的隧道压抑,而是因为大海的出现。公路从位于北海道左下方凹进陆地的这片内浦湾沿岸向西北延伸,我的右手侧只有蓝色的大海,除此别无他物。算不上美丽,能想到的形容词只有——海阔天空。

仅此而已。

"放手一搏,自发誓之日起。"

无意间嘴里哼唱出这么一句,《再来一次,精彩的爱》里的歌词——曾经那么让我厌烦过。没有任何先兆,我竟然哼唱起那时的老歌,脑子里浮现一张张老师的面庞,不单高中的,小学初中的老师都有。也想起美琴,还有其他同学;驯鹿园的各位、三太园长;卡拉 OK 店店长的名字想不起来了,但长相记得;动物世界专门学校的人们;月之丘动物园的各种面孔：莲见与花见、豚鼠、植木、先田、兔子和山羊、绵羊和鸭子，还有德川象龟、老熊峰姐一对、临摹眼镜蛇的少女；妈妈的哼唱、爸爸的暖贴、放大镜里的砂村爹；园长黑豹似的眼睛；鸽子阿婆的背影……那智君的泪水。

再来一次，精彩的爱——我并不这么想，我不可能这么去想，也没有这么想的理由。不过，现在的我由衷地感到我所经历的所有这些爱，全部不可替代，全部精彩绝伦。

道路通过八云町后，依旧沿海，方向逐渐调整由西北变为正北，之后基本固定在北偏东方向。我沿这个方向直走，羊蹄山就在前方等候我们。沿途景色一直不变，左侧依山，右侧傍海。相同的景致似乎固化了一般。但时间告诉我，这是假象。和"你"在一起的时间不断被削减，加上心理因素，剩下的时间越来越少。

终究我还是害怕与"你"告别的那一刻。

明明即将大功告成，此时的我却高兴不起来。最终我只能选择离别。不过这就是人生——砂村爹这时一定会这么讲。

公路在叫长万部的地方告别大海，进入山间。同时，大沼国道改名羊蹄国道。路还是同一条，只是换了叫法。山间一片绿色，让灰色的柏油路界限分明。刚刚觉得公路的灰色有点单调，就看到一个醒目的提示牌，黄底黑字，十分醒目——"熊出没，请注意"。文字上面还有熊的外形图案。没有眼珠的那张脸像是从科幻电影里复制下来的，感觉不到生命的分量。我心里嘀咕：为什么不在我小的时候普及这样的宣传，哪怕不真实呢？

当时我若知道这一茬，哪还会有我和"你"的故事，哪还会有现在的一切！

想到这里，我手指甲狠狠掐进方向盘把手，向后看一眼，想知道"你"现在是什么状态，有没有急不可待地从小窗户窥探。看了几次后视镜，都没有见到你的踪影——待在狭小的黑车厢里长途颠簸，"你"一定疲惫不堪了吧。

"马上就到了！"

我给后面发送信号。

"马上就到了啊！"

我把窗户全部打开，向后面喊话。

明明就在我身后，"你"却听不到。我知道"你"听不到，但我还是控制不住自己。

马上"你"就能回到山的怀抱了。从此我将无法跟"你"说话，也触摸不到"你"，见面也无法实现，甚至从远处瞧一眼也成奢望。

永远无法实现，这永远，真真切切即将开始。

汽车经过黑松内町、兰越町、俱知安町三镇，刚刚以为有了人烟，道路就开始收窄，又进了山。蛇形盘山道，让车速慢到极限。汽车吐着尾气在山间盘旋，像是要把一座座山给缝合起来一般。我感觉时间过得飞快，接下来只能以秒来计。羊蹄山早已进入视野，但我一直对它视而不见。可是，现在它横亘在眼前，挡住我的视线，无言地述说着自己的雄大，刚才所经过的无数山峦在它面前只能算作玩具。羊蹄山主峰更是峻峭耸立,顶部隐约仍能看到积雪,有富士山的味道。

"你"的故乡羊蹄山到了。

我降挡减速,眉宇紧皱——我要哭了。田地、建筑物一处一处又多了起来。俱知安到了。这里是我们共同的家园。

砰、砰两声猎枪响起——眼前出现猎友会成员刺眼的背影。道路旁是那智,坑里有积血。被枪杀的就是"你"的妈妈。

我开车驶过那个现场,鲜血飞溅到前挡风玻璃上。

我感觉像是自己中弹了一般,胸口发出哀叫,方向盘开始晃抖。但我没有刹车,没看到"你"的身影,因为"你"已经不在这里。现在车子驶过尻别川。虽然已无必要,但为了让心情平复下来,我控制车速在河堤慢跑。鸽子阿婆会在吗?今天还给鸽子喂食吗?我想仰头看天空,转念又放弃了——一切已经没有意义。

有一个女孩在奔跑,只能看到背影,拼命在奔跑——不知是第一次见鸽子阿婆时还是从猎友会仓皇跑回来那一次。

"加油!"

我独自替儿时的自己打气。

雨子的理想一定能够实现,请继续奔跑。

现在的我超越儿时的雨子,再一次过河。回头看,河岸尽收眼底。然而,我的眼睛已经离不开羊蹄山了。鸽子阿婆就在那里,不用看也在。

日头已近中午,周围全部是田地,柏油路已走到尽头。

接下来是一段土路，坑洼不平，汽车颠簸加大，车轮随时可能滑进田地。我继续往里开，空气越来越冷。虽没有界限标志提示，但显然车已进入山麓地带。树木间的下山风强劲有力。路越来越窄，天也开始暗了下来。沿着这条进山的土路，我尽可能往里开。树枝不断碰擦到车厢，我还是不想停车。我要一直把"你"送到汽车无法前进的地方，以免"你"再犯错误走出大山。就这样，一直走到人迹罕至，没有路的地方，我的脚才松开油门，我的手才拉好手刹。

下车发现，一束白花被车轮碾碎。

我深吸一口山间的新鲜空气——解开罩布绳索的手并没有颤抖。伤心和放心交织在一起，有一种不知自己身处何处的恍惚感。

不用再敲门，门打开时，"你"醒着。

"到了吗？"

听到这一声，我长舒一口气。

"到了。"

听到回应，"你"自己走了下来。

四只脚踩在家乡大自然的土地上，像是在感受土地的松软，你的鼻子四处嗅嗅，算是给这里的土地传递你的信息。

仰望天空，我什么也看不到。"你"把头伸进浓密的树丛，大口吸进这绿色的空气。

这久违的香气让"你"眼睛湿润。

没有丝毫伤感、哀怨。

这不正是我想要的结果吗？

"你"开始用舌头舔舐树干。这里不同于囚禁"你"十四年的动物园,回到布满荆棘的这里,"你"满心欢喜。"你"扭动庞大的身躯,从树木之间穿过。

一旦被树丛挡住去路,"你"会毫不犹豫用身体碾压障碍物,当然,这和汽车轮胎的碾压概念不同。

"你"走过的地方仍然有生命在呼吸。

等一下,还有我呢。

这句话一直忍住没说出口,我绕道跟在"你"身后。

"你"虽然什么也没说,但却为我开辟道路引领我前行。

"过来。"——看着"你"慢慢前行的背影,我臆想着它在召唤我。

"你"找到一棵躯体通红的植物,大口大口地啃食起来。

"好吃吗?"

鼓起勇气问了一句,"你"似乎顾不上理我,又把头伸进茂密的树丛里,也不知道又吃到了什么美味。我心里暗暗为"你"叫好。

能找到食物,能本能地吃。

这是最简单的,也是最重要的。

当我替"你"担心时,"你"的回答看来没有撒谎。这也意味着"你"的声音并不是我的幻听。虽然曾经难过,曾经伤心,但看到"你"具备野外生存能力比什么都好。我在心底为"你"高兴。同时,我也明白我再也无法听到"你"的声音。自从踏上真正属于"你"的地盘那一刻,"你"的野性又回来了。

我多想听一句出自"你"口中的再见。这是真心话。

不过,"你"像这样不说也没关系。重要的是"你"终于回家了。

回到了这个有父母、家族、伙伴等着的大山的怀抱。

"对不起!"

这三个字里包含着所有我对"你"的情感。

逐一述说已没有必要,我不再去想。

只感觉泪水冰凉。

不知何时,我哭了。

哭吧,没关系,无须再压抑忍耐。

"最后再抱我一次,可以吗?"我在"你"身后小声一嘀咕,"你"一下停住不动了。

"你"还是能听到我的声音!仅此反应,已经让我如吃饱的鸽子一般,飘飘然起身飞扬。

"你"回过身来。

我,泪水涟涟止不住,思绪万千难平复。

我又一次钻进"你"的怀抱。

浓密的毛发、温热的身体紧紧将我包裹。

"你"默默地拥抱我。

猛然使劲,紧紧地。

我感觉自己会被"你"挤扁,然而就算窒息我也认了。

"我爱你!"

这三个字从心里流出。

我一直以来就深爱着"你"。

所以想和"你"在一起,永不分离。

我哭了,眼泪唰唰而下。但"你"没有哭。

看来,这只是我一厢情愿。

"你"骨碌一声站了起来。

两腿着地直立起来,圆圆的眼睛盯着我看。

这是"你"在做最后告别。

当我意识到时,"你"的手伸了出来。

光滑柔软,和小时候完全一样,眼睛依旧滚圆滚圆。

我握住"你"的大手。

无比温暖。

"你"牵着我开始走动,用两条腿。

"我能和'你'一起去吗?"

"你"没有回答,但没有松手,拨开树丛荆棘一直朝森林深处走去。

我不知道"你"的目的地是哪里。

我很欢喜。

只要与"你"携手,哪里我都敢去。我开始这样给自己打气。一直一直这样走向远方。

与"你"携手,徐徐前行。

树荫深处有阳光照射进来。刚才还在头顶的太阳,已经打算藏进山的背后。

时间快得让人恐惧。

抬头看时,"你"透明的眼睛已经湿润。

但我不认为"你"在哭。

"谢谢!"

我听到了"你"的声音,闭上了眼睛。

不是因为喜悦。

这句话一定,不,绝对意味着最后的诀别。

我哭着回应"你"一声:"谢谢!"

本不想说,但必须说。因为这是十四年前就有的愿望。就为了实现它,我用掉了自己十四年的人生。

"再见!"

我竭尽全力喊出这两个字后,"你"松开了我的手。

"再见,小雨!"

说完,"你"便走入山林深处。

最后时刻,"你"呼唤了我的名字。

静谧。静谧且漆黑一片。

不知道到底过去了多久,今晚月亮怎么也不照过来一丝半点?

黑暗将我笼罩,伸手不见五指。眼睛已经失去功用,凭耳朵、鼻子和手脚我知道这里是森林深处——我倒在山林间了。我发觉自己睡着了。包裹身体的幸福感已经消失。眼前有的只是真实的、真正的黑暗。我说不清楚从哪儿开始进入了梦境。

和"你"牵手并行?拥抱我?说谢谢或再见?抑或全部都是梦境吧。

"你"叫小雨名字了吗?

"你"叫我名字也是臆想？

只有我独自在身后追"你"？

不再流泪，应该已经流干了。

我感到害怕。既不知道这是何处，也站不起来。感觉魔法失灵了。

接下来我该如何是好？

实现了十四年以来的宏愿、梦寐以求的理想。

可是，我并不高兴。孤单一人，只剩下害怕。我感到寒冷，继而手脚冰凉，嗓子发干想要喝水。整个人即将脱水。

接下来的现实是严酷、令人恐惧的。

我并不担心自己成为刑事犯罪者。

我为自己的人生目标已经达成而感到恐惧。

明明知道会是这样的下场，却从未考虑过该如何应对。那智已经不在。被自己背叛的家庭、动物园都不能回去。鸽子阿婆已经不认识我。

"你"不在了。

我孤身一人。

大地、风、绿叶都在骚动，但我什么也听不到，感觉不到。

我动不了。

世界这么大。

却冰凉一片，没有温暖。

我脸颊湿润。

明明泪水已经枯竭。

嘀嗒。

有声音响起。

嘀嗒、嘀嗒。

不是音,是声。

嘀嗒、嘀嗒、嘀嗒、嘀嗒。

是雨声。

暗黑的夜空,雨滴静静地放着光彩。

树叶承接雨滴之光,听起来便像有了生命。

擦干脸颊,我的眼前一下子亮了。

琥珀色闪闪发光。

我站了起来。打开潮湿的手,放在鼻尖一闻。

"你"来过这里,因为

"你"的右手边有蜂蜜的香气。

致谢

本小说的创作得到动物公园各位的大力协助,在此表示衷心感谢。

另外,本作品纯属虚构,文责自负。

作品中所有人物和机构团体均与现实没有任何关系。